中国散文 60 强

拾柴火

刘庆邦 / 著

北京联合出版公司
Beijing United Publishing Co.,Ltd.

图书在版编目（CIP）数据

拾柴火 / 刘庆邦著. -- 北京：北京联合出版公司，
2024.8. --（中国散文60强）. -- ISBN 978-7-5596
-7791-4

Ⅰ. I267

中国国家版本馆CIP数据核字第2024WG3299号

拾柴火

| 作　　者：刘庆邦
| 出 品 人：赵红仕
| 出版监制：张晓冬
| 责任编辑：高霁月
| 特约编辑：和庚方　张　颖
| 封面设计：立丰天

北京联合出版公司出版
（北京市西城区德外大街83号楼9层　100088）
三河市同力彩印有限公司印刷　新华书店经销
字数150千字　650毫米×920毫米　1/16　14印张
2024年8月第1版　2024年8月第1次印刷
ISBN 978-7-5596-7791-4
定价：65.00元

版权所有，侵权必究
未经书面许可，不得以任何方式转载、复制、翻印本书部分或全部内容。
本书若有质量问题，请与本公司图书销售中心联系调换。
电话：17710717619

"中国散文60强"丛书

编委会

丛书总策划

张　明　　著名出版人

编委主任

邱华栋　　全国政协常委
　　　　　中国作家协会副主席、书记处书记

编　委

叶　梅　　中国散文学会会长
陆春祥　　中国散文学会副会长
冯秋子　　中国作家协会原社联部副主任
吴佳骏　　《红岩》编辑部主任
张　英　　资深媒体人
文　欢　　作家、资深编辑

中华散文的文脉与发展

——"中国散文60强"总序

邱华栋

中国是诗的国度,亦是散文的国度。

穿越千年时空,从明清至唐宋,再由魏晋南北朝至两汉先秦一路回溯,汉语言文学中的散文实乃根深叶茂,硕果累累。无论是"唐宋八大家"之雄文美文,还是骈俪多姿的辞赋,以及名垂史册的《史记》《左传》,均为中国文学史上的璀璨明珠。"散文"与"诗"一道,成为中国文学的"嫡系"。尽管,后来从西方引进嫁接技术所催生的"小说",大有"喧宾夺主"之势,终究还得"认祖归宗",血脉和基因是无法改变的。

在中国散文流变历程中,曾出现过两次鼎盛期。一次是被文学史家所公认的"先秦散文"时期。其时,伴随着春秋时期的思想解放,诸子蜂起,百家争鸣,一大批散文家以饱满的气血、驳杂的学识和破茧的精神,创造出了散文的繁荣和辉煌局面,对后世产生了极大的影响。

到了"五四"时期,中国散文迎来了第二次鼎盛期。白话文如劲风激浪,吹刮和涤荡着神州大地。沉睡的雄狮醒来了,偃卧的小草开始歌唱。许多学贯中西的进步文人,肩扛文化变革的大纛,冲锋陷阵,掀起了一波又一波的新文学浪潮。《新青年》上刊载的散文,犹如一束束亮光,不但给人以希望,还给人以力量。"五四"以来的散文作品,无论是观念和主题,还是形式和风格,都跟以往的散文迥然不同。最具代表性的,当属鲁迅先生的散文(包括杂文),其刚健、凌厉的文质,疗救了中国散文长久以来颓靡不振、钙质疏流的顽疾。此外,周作人、郁达夫、朱自清、萧红、沈从文等一大批作家的散文创作亦各具特色,呈一时之盛,影响深远。

时代的前行催生了文学的发展,然而文学与时代有时并不同步甚至充满了"张力场"。"五四"的个性解放虽然催生了一批个性鲜明的散文精品,但这样的生态并未持续多久,中国散文的波峰出现了向低谷滑行的趋势。有论者指出,"散文在50年代既是对解放区散文文体意识的放大,又是对五四散文文体精神的进一步偏离。这种放大和偏离表现在个体性情的抒发让位于时代共性或者时代精神的谱写,政治标准优先于艺术标准,批判性为歌颂性所取代诸方面。"(董健、丁帆、王彬彬《中国当代文学史新稿》)1960年代初,散文创作一度出现了活跃,"专业"从事散文创作的作家群凸显出来,刘白羽、杨朔、秦牧相继登场,迅速成为散文界的三位名家。但他们的作品后人评价褒贬不一,认为其中颂歌式的写法较为单向,这种模式化的写作,不但对散文的建设毫无益处,反而扼杀了散文的个性和神采。

"文革"十年,中国散文更是一片凋零和荒芜,乏善可陈。1970年代末,一些历经浩劫的作家开始复苏,解除思想枷锁,重新拿起笔来写作,中国散文才又凤凰涅槃,焕发生机。加之各种文学刊物纷纷复刊和创刊,以及大量西方文化读物的译介出版,更为这些饥渴、桎梏太久的散文作者提供了登台亮相的舞台和瞭望世界的窗口。

1980年代初期,伴随改革开放的热潮,思想解放大旗招展,文化随之繁荣,诸多承续"五四"精神的作家以笔为旗,抒发胸中压抑既久之块垒,出现了一批抒情性质浓郁的散文,使得现代散文这块"百花园"芳菲争艳,蔚为大观。特别是1980年代中期,随着作家主体意识的不断强化,中国文学开始呈现出一个崭新局面,作家从"集体意识"中抽身而出,重新返回"个体",注重对生活的体察和内在情感的表达。这一时期,散文的艺术性得以强化,文本的精神内涵和表现空间得以拓展。

进入 1990 年代，社会发展日新月异，城镇化进程锐不可当，文化领域亦呈多元格局。各种文学思潮相互碰撞，人文精神的讨论更是打开了作家们的创作思路。"大散文"概念的提出，引发了散文界对散文的内涵和外延的重新讨论和界定。风靡一时的"文化散文"热，成为文坛上一道靓丽的风景。"新散文""原散文""后散文""在场散文"等散文流派"你方唱罢我登场"，争奇斗艳，各领风骚。

及至二十世纪末，一批深具先锋意识和文体自觉的新锐作家，像一头公牛闯入瓷器店，使散文天地发生了激烈的碰撞和变化，形成一股新的散文潮流，提升了散文的审美品质和精神向度。

纵观 1978 年至 2023 年四十多年来，中华大地在"改开"的黄金时代中，社会生活奔涌激荡，各种思潮风起云涌，散文创作更是云蒸霞蔚、气象万千，涌现了众多成就斐然、风格各异的散文作家和具有思想深度、艺术上乘的散文作品。岁月的流水冲走了枯枝败叶和闲花野草，中流砥柱却巍然屹立。时间留住了新时代的散文经典，经典在时间的长河中绽放光芒。以沙里淘金的经典散文向"改开"的时代致敬，是我们不可推卸的责任和义务。

别看散文的门槛貌似很低，要真正写好，却实属不易。优质散文是有难度的写作，它不但需要作者的智识、胸襟、眼界、修养和气度格局；更需要写作者的态度、立场、慈悲、良知和批判勇气。遗憾的是，散文创作繁荣和光鲜的另一面，却是大量平庸甚至低劣之作的泛滥，不但败坏了读者的胃口，而且造成了物质和精神的极大浪费。散文作家层出不穷，散文作品汗牛充栋，可真正能让人记住的散文佳构却凤毛麟角。

散文要发展，文学要前行。发展和前行就要从平庸的樊篱中突围。在突围的过程中，散文作家不可太"聪明"，不可太世故，要永存对文学的敬畏之心。一言以蔽之，散文的尊严来自散文作家的尊严。也可以说，要想散文繁荣，首先需要有一批人格健全，品德高尚，铁肩担道义的散文作家。什么样的人写什么样的文章。特别是写散文，最容易看出一个作家的内在品质和境界涵养。一个人格不健全的人，哪怕他作文的技法再高妙，也很难写出撼人心魄、抚慰灵魂的散文来。作家精神品质的高低，直接决定其作品的精神向度。

为了散文写作的突围和发展，为了建设独具特质的当代散文，也是为了更好地从经典散文中汲取营养，我认为有必要正视和重申一些常识性的思考。高头讲章的理论是灰色的，常识之树却蕤葳常青。

一、作家的个体精神决定散文的优劣。常言道，散文易学而难攻。难在什么地方，不是难在技巧，而是难在作家个体精神的淬炼上。倘若作家的个体精神不够丰富，不够深刻，不够清澈，纵使他手里握着一支生花妙笔，也写不出令人称赞的散文。那么，如何才能做到个体精神的丰富性呢，这就要求作家时时刻刻不背离生活，要知人情冷暖，体察人间百态，关心民瘼，有忧患意识，不要做生存的旁观者。一个冷漠甚至冷酷的人，是不适合从事散文创作的。

二、真诚是确保散文品质的基石。散文创作跟作家的生存经验息息相关，可以说，真正优质的散文，无不牵连着作家的血肉和心性。作家的喜怒哀乐，悲欢离合，都或隐或显地暗含在他的作品中。假如在一篇散文作品中，读者既看不到作者的体温，又看不到作者的态度，那这篇作品或许就是失败的。说明这个作者在他的作品中"说谎"或"造假"，缺乏真诚之心。作家一旦失去真诚，为文必定矫揉造作，作品也必定会失去生命力。因此，真诚是散文的"生命线"，也是"底线"。

三、个性是促进散文生长的养料。人无个性便无趣，文无个性便平质。当下，每年都会诞生数以万计的散文篇章，但能够让人记住，且读后还想读的作品并不多，何故？概在于这些数量庞大的散文，无论题材，还是语感都千篇一律，像是从"模具"中生产出来的，缺乏辨识度。散文要发展，必须要求作家具有"个性意识"。"个性意识"不是标新立异，更不是哗众取宠，而是一种"创新意识"和"审美意识"。但凡在散文创作方面被公认的那些大家，都是"文体家"，他们以自觉的写作实践，开创了散文写作的新路径。不合流俗方能独步致远，推动散文的建设和繁荣。

当然，以上几点并非创作散文的圭臬，谁也没有资格去为散文"立法"。

散文是自由的创造，散文精神即自由精神。我之所以提出来，仅仅是希望引起散文同行们的重视和参考，共同为中国当代散文的发展尽力增光。

我们策划、编选"中国散文60强"（1978—2023）的初衷，旨在对新时期以来的中国散文创作作出梳理、评价和选择，试图精选出风格各异的代表性散文作家，以每位一部单行本的形式，呈现出中国新时期优质散文的大体样貌。此项目的发起人为资深出版人张明先生。多年来，他一直追求做高品位的纯文学书籍，也曾连续多年与中国散文学会、中国小说学会合作，出版年度《中国散文排行榜》和年度《中国小说排行榜》。2023年他策划出版了《中国小说100强》，反响不俗。身处喧嚣、纷杂的环境，能以如此情怀和心力来为文学做如此浩大的工程，不能不令人钦佩！

感谢张明先生邀请我和叶梅、冯秋子、陆春祥、吴佳骏、张英、文欢组成编委会，共同遴选出60位作家。我们在召开筹备会的时候，即将作品的思想性、艺术性、代表性以及影响力作为编选的基本原则。在确定入选作家名单时，我们认真商讨，反复研究，生怕因为各自的眼力、审美和趣味之别，造成遗珠之憾。好在我们的工作得到了作家们的积极回应和鼎力支持，惠风和畅，大地丰饶。

60位入选的作家，既有令人尊敬的文学大家，如孙犁、张中行、汪曾祺、史铁生、邵燕祥、流沙河、刘烨园、宗璞、贾平凹、韩少功、张炜、梁晓声、阿来、冯骥才等。这批散文大家的作品，文风质朴、清朗、刚健，充满了"智性"和"诗性"。无论他们是写怀人之作，还是针砭时弊，歌咏风物，都有着鲜明的文化立场和审美取向。他们或出入历史，借古观今；或提炼人生，洞明世事，输送给读者的都是难能可贵的"精神营养"。

也有被散文界公认的名家，如李敬泽、王充闾、马丽华、周涛、冯秋子、叶梅、筱敏、张锐锋、周晓枫、于坚、鲍尔吉·原野等。这些作家的散文作品，特色鲜明，风格独特，诚挚内敛，从内容到形式，都作出了各自的探索和尝试，为当代散文注入了活力。从他们的作品中，我们不但能够领略汉语之美，更可以借此反观生活与存在，寻找人之为人的价值和尊严。

还有散文界的中坚力量和青年才俊,如彭程、谢宗玉、江子、雷平阳、任林举、塞壬、沈念、傅菲、吴佳骏、周华诚等。从他们的作品中,我们见到的,不只是中国散文的文脉传承,更是自由精神的张扬。他们文心雅正,笔力锋锐,不跟风,不盲从,始终保持着独立的思索和判断,在各自所开辟的散文园地中精耕细作,以崭新的姿态参与和推动当代散文的变革。

其实,细心的读者不难发现,入选本丛书的老、中、青三代作家都有个共性,即他们均在以自己的作品审视心灵,心系苍生,弘扬真善美,鞭挞假恶丑,充满了正义感和人道主义精神。这自然与时下众多书写风花雪月,一己悲欢,充塞小情趣、小可爱的散文区别开来。正是因为有他们的存在,中国当代散文才呈现出一幅绚丽多姿的长卷。

需要说明的是,有些重要的散文家,如张承志、余秋雨、王小波、苇岸、刘亮程、李娟等人,由于版权或其他不可抗原因,未能将他们的作品收录进来,我们深以为憾。

我们还要感谢北京立丰天文化传播有限公司的资金支持,感谢北京联合出版公司的精心编校,他们慷慨和无私的义举,对于繁荣中国当代散文创作、对于赓续中华优秀散文文脉、对于中国新时期的文化积累,均具重大价值和意义,可谓善莫大焉。这套丛书的出版意义将同《中国小说100强》一样,旨在给读者以经典的指引,这既是一项重要的原创文学工程,同时也是助力推动全民阅读和研究传播文化的公益工程。

郁郁乎文哉,中国散文有幸!

是为序。

2024 年 5 月 12 日星期日

(作者为全国政协常委,中国作协副主席、书记处书记)

目 录
Contents

一路走来

- 002 | 从写恋爱信开始
- 006 | 在哪里写作
- 023 |《走窑汉》是怎样"走"出来的
- 027 | 十五岁的少年向往百草园
- 032 | "北京三刘"的由来
- 036 | 对所谓"短篇王"的说明
- 041 | 我当了十五年北京市政协委员
- 045 | 不断汲取生活的源泉
- 062 | 祖父、母亲和我

边走边写

070 | 泪光闪耀

086 | 拾柴火

091 | 想象潘安

097 | "平安"归来

106 | 蝈　蝈

113 | 放炮和拾炮

120 | 洗　澡

125 | 在夜晚的麦田里独行

129 | 打麦场的夜晚

有爱有悔

134 | 父亲的纪念章

139 | 母亲的奖章

144 | 大姐的婚事

147 | 留守的二姐

150 | 一双翻毛皮鞋

153 | 妹妹不识字

158 | 凭什么我可以吃一个鸡蛋

163 | 用一根头发做手术

文友相伴

168 | 作家中的思想家

179 | 林斤澜的看法

185 | 王安忆写作的秘诀

197 | 中国文学史上的里程碑

202 | 顾大霖小歌

207 | 怀念翟墨

一路走来

从写恋爱信开始

我的小说处女作发表在《郑州文艺》1978年第2期。写这篇小说的时间更早一些,是1972年的秋天。从写出到发表,中间隔了6年。有朋友会问,一篇小说的发表怎么拖了这么长的时间?

那时,我在河南一座煤矿的支架厂当工人。因恋爱的事,闹出了一些小小的不愉快。我们的恋爱很正常,并没做什么出格的事。可当时的"气候"很不正常,人家说我们被资产阶级的香风吹晕了,掉到泥坑里去了,要拉我们一把。拉的办法就是批判我们。为了找到批判所需的材料,人家把我写给女朋友的信和诗也要走了。我和女朋友虽然在一个厂,但我愿意给她写信,愿意用文字表达我的心情。除了写信,我还给她写一些断开的短句,也可以说是诗吧。那些诗并不是直接赞美女朋友,主要是写山川的秀丽,表达对大自然的热爱心情。我们厂附近有高高的伏牛山,有深深的山沟。春来时,残雪还未化尽,我们一起踏雪去寻访黄灿灿的迎春花。秋天,我们一起到山沟里摘柿子,摘酸枣,到清澈见底的水边捉小虾。初冬,我们登上山的最高处，聆听千年古塔上的风铃声，眺望山下一望无际的麦田。从山里回来，美好的印象还保留在脑子里，让人感到一种愉悦的滋味。突然想到，何不试着把美好的感受写出来呢？于是就趴在床上以诗的形式写起来了。那时脑子可真好使，出手也快，也就人们说的文思如泉涌吧，一会儿就写了好几页，恐怕一百行都不止。写完了甚为得意，就拿给女朋友看。女朋友读得小脸通红，一再说好。她也说不出好在哪里，只是说好。得到第一读者也是唯一读者的赞赏，我来劲了，写得更多，多了就送给她邀赏。女朋友很珍视地一一收藏起来，时间不长就攒下了一大摞。

车间指导员在批判我时，说了一句使我深感惊异的话，以致把别的长篇批判的话都忽略了，只记住了这一句话。指导员说我写的东西充满了小资产阶级情调，加在一起简直就是一部黄色小说。当时我脑子里放光似的闪了一下，心想，我难道会写小说？他说我写的东西是黄色的，我一点也不在意，因为我心里有底，知道自己写的东西非常纯洁，连亲呀爱呀情呀这样的字眼儿都没有。不但格调不低，好像还很"革命"。我重视的是他说的小说这两个字。在此之前，我从没敢想过要写小说，从没有意识到自己有写小说的天赋，是人家批判的话从反面提醒了我，在我心里埋下了从事小说创作的种子。

批判我们毕竟是瞎胡闹，很快就过去了。但不能不承认，是批判巩固了我们的爱情，使我们的爱情经历了阻挠和波折，带有风雨同舟的意思。冷静下来后，我想得多一些。我问自己：你有什么可爱的？因你父亲的历史问题，你不能当兵，不能入党。你父亲早故，母亲领着你们兄弟姐妹五个过日子，家境很不好，你不过是一个穷人。我想到了自己的今后，想到了作为一个男人的责任。为了使自己在精神上胜过别的男人，为了不让自己所爱的人失望，自己应该有所作为。除了干好自己的本职工作，还应在业余时间为自己的生命派一些别的用场。

于是我选择了写小说。以前我虽然没写过小说，但我写过别的。我在农村老家时给县里广播站写过几篇稿子，都广播了。在厂里宣传队，我还写过对口词和一个小豫剧。这些都为我写小说打下了一些基础。当时书店里没有小说卖，无从借鉴。我的破木箱里虽然藏有《红楼梦》等书，但和时尚相去甚远，一点也用不上，只好瞎写。写完一篇小说我心里打鼓，这是小说吗？给女朋友看，她说真好。当时没有文学刊物，或许有，我们在山沟里看不到。小说没地方寄，我就敝帚自珍，存在箱子里。写了东西没地方发，积极性很难维持。我不写小说了，调到矿务局宣传部后，我就写通讯报道。通讯工作给我提供了广阔的天地，使我有机会走遍矿区各个角落，下遍全局各个矿井，有机会接触更多的人。我喜欢写人物通讯，写了不少，为后来的创作积累了不少素材。

说话到了1978年，各地的文艺刊物相继办起来了。我看到一本《郑州文艺》，上面有小说、散文、诗歌等。我马上想到了沉睡箱底的那篇小说，翻出来看了一遍，觉得和刊物上发表的小说比也不差。我稍微改了一遍，抄清，就寄走了。寄出后并没有整天挂在心上。那时，我正扑在新闻工作上，一心想当记者。不料编辑部很快来信，认为小说不错，准备采用。我把这消息赶快告诉我爱人（我们已结婚，并有了一个女儿），她高兴得脸都红了。现在看来，这篇小说写得很一般。但六年前写的第一篇小说就发表了，而且还是当期刊物的头条，对我的鼓舞和推动之大是可想而知的。同年，我调到了北京，在一家煤矿工人杂志当编辑。

1980年3月，我在《奔流》发表了第二篇小说《看看谁家有福》。因这篇小说描述三年困难时期的一些真实的生活情景，在读者中引起了很大反响，还有争议。几种不同观点的评论在刊物上连续发了两三期。此后，美国的一位汉学家把这篇小说翻译到了美国。《剑桥中华人民共和国史》还为这篇小说列了一条。对这篇小说的批评，给我思想上造成一些压力，但并没有减低我的创作热情，反而激发了我的执拗的创作意志，使我在创作上更加自觉和勤奋，并逐步建立了自信。

　　从发表处女作至今，我业余从事文学创作已二十多年了，发表了将近三百万字的文学作品。我的创作主要取材于农村生活和煤矿生活，这是我比较熟悉、感受比较深切的两个题材领域。我创作的目的主要是给人以美的享受，希望能够改善人心，提高人们的精神品质。我对自己的创作意志充满自信，会在文学创作的道路上义无反顾地走下去。

在哪里写作

幸运的是，我比较早地理解了自己，意识到自己喜欢写作。每个人都只有一生，在短短的一生里，不可能做很多事情，倾其一生，能把一件事情做好就算不错，就算没有虚度光阴。文章千古事，写作正是一件需要持之以恒的事，只有舍得投入自己的生命，才有可能在写作这条道上走到底，并写得稍稍像点儿样子。

老一代作家，如鲁迅、萧红、沈从文、老舍他们，所处的时代不是战乱，就是动乱，不是颠沛流离，就是横遭批斗，很难长时间持续写作。而我们这一代作家赶上了国泰民安的好时候，不必为安定和生计发愁，写作时间可以长一些，再长一些。其实在安逸的条件下，我们面临的是新的考验，既考验我们写作的欲望和兴趣，也考验我们的写作资源和意志力。君不见，有不少作家写着写着就退场了，不知是哪个环节出了问题。

还好，自从我意识到自己喜欢写作，就把笔杆子牢牢抓在自己手里，再也没有放弃。几十年来，不管是在煤油灯下，还是在床铺上；不管是在厨房，还是在公园里；不管是在酒店，还是在国外，我的写作从未中断。其间也遇到了一些困难和干扰，我都及时克服了困难，排除了干扰，咬定青山，硬是把写作坚持了下来。我并不认为自己的写作天分有多高，对自己的才华并不是很自信，但我就是喜欢写作，且对自己的意志力充满自信，相信自己能够战胜自己。

在煤油灯下写作

我在老家时，我们那里没有通电，晚间照明都是用煤油灯。煤油灯通常是用废弃的墨水瓶子做成的省油的灯，灯头缩得很小，跟一粒摇摇欲坠的黄豆差不多。我那时晚上写东西，都是借助煤油灯的光亮，趴在我们家一张老式的三屉桌上写。灯头小光线弱不怕，年轻时眼睛好使，有一粒光亮就够了，不会把黑字写到白纸外头。

我 1964 年考上初中，应该 1967 年毕业。我心里暗暗追求的目标是，上了初中上高中，上了高中上大学。但半路杀出个短路的，1966 年文化大革命一来，我的学业就中断了，上高中上大学的梦随即破灭。无学可上，只有回家当农民，种地。说起来，我们也属于"老三届"的知青，城里下乡的叫下乡知青，从学校就地打回老家去的，叫回乡知青。可我一直羞于承认自己是个知青，好像一承认就是把身份往城市知青身上贴。人家城里人见多识广，算是知识青年。我们土生土长，八字刚学了一撇，算什么知识青年呢！不过出于自尊，我也有不服气的地方。我们村就有几个开封下来的知青，通过和他们交谈，知道他们还没有我读过的小说多，他们不但一点儿都不敢看不起我，还非常欢迎我到他们安在生产队饲养室里的知青点去玩。

回头想想，我和别的回乡知青是有点儿不大一样。他们一踏进田地，一拿起锄杆，就与书本和笔杆告别了。而我似乎还有些不大甘心，还在到处找书看，还时不时地涌出一股子写东西的冲动。我曾在夜晚的煤油灯下，为全家人读过长篇小说《迎春花》，小说中的故事把母亲和两个姐姐感动得满眼泪水。那么，我写点什么呢？写小说我是不敢想的，在我的心目中，小说近乎神品，能写小说的近乎神人，不是谁想写就能写的。要写，就写篇广播稿试试吧。我家安有一只有线舌簧小喇叭，每天三次在吃饭时间，小喇叭嗞嗞啦啦一响，就开始广播。除了广播中央和省里的新闻，县里的广播站还有自办的节目，节目内容主要是播送大批判稿。我端着饭碗听过一次又一次，大批判广播稿都是别的公社的人写的，我所在的刘庄店公社从没有人写过，广播里从未听到过我们公社写稿者的名字。怎么，我们公社的地面也不小，人口也不少，难道就没有一个人写稿子吗！我有些来劲，别人不写，我来写。

文具都是从学校带回的，一支蘸水笔，半瓶墨水，作业本上还有剩余的格子纸，我像写作业一样开始写广播稿。此前，我在煤油灯下给女同学写过求爱信，还以旧体诗的形式赞美过我们家门前的石榴树。不管我写什么，母亲都很支持，都认为我干的是正事。我们家只有一盏煤油灯，每天晚上母亲都会在灯下纺线。我说要写东西，母亲宁可不纺线了，也要把煤油灯让给我用。我那时看不到报纸，写稿子没什么参考，只能凭着记忆，按从小喇叭里听来的广播稿的套路写。我写的第一篇批判稿是批判"阶级斗争熄灭论"，举本村的例子说明，阶级斗争还存在着。我不惜鹦鹉学舌，小喇叭里说，阶级敌人都是屋檐下的洋葱，根焦叶烂心不死。我此前从没见过洋葱，不知道洋葱是什么样子。可人家那么写，我也那么写。稿子写完，我把稿子装进一个纸糊的信封，并把信封剪了一个角，悄悄投进公社邮电所的信箱里去了。亏得那时投稿子不用贴邮票，要是让我投一次稿子花八分钱买邮票，我肯定买不起。因买不起邮票，可能连稿子也不写了。稿子寄走后，对于广播站能不能收到，能不能播出，我一点儿信心都没有。我心里想的是，能播最好，不能播拉倒，反正寄稿子的事只有我自己知道，我有能力把失败嚼碎咽到肚子里去。让我深感幸运的是，我写的第一篇广播稿就被县人民广播站采用了。女广播员在铿锵有力地播送稿子时，连刘庆邦前面所冠的贫农社员都播了出来。贫农社员的字样是我自己写上去的，那可是我当年的政治标签，如果没有这个重要标签，稿子能不能通过都很难说。一稿即播全县知，我未免有些得意。如果这篇广播稿也算一篇作品的话，它可是我的第一篇公开发表的作品哪！我因此受到鼓励，便接二连三地写下去。我接着又批判了"唯生产力论""剥削有功论""读书做官论"等。我弹无虚发，写一篇广播一篇。那时写稿没有稿费，但县广播站会使用印有沈丘县人民广播站大红字样的公务信封，给我寄一封信，通知我所写的哪篇稿子已在什么时间播出。我把每封信，连同信封，都保存下来，作为我的写作取得成绩的证据。

煤油灯点燃时，会冒出黑腻腻的油烟子，长时间在煤油灯下写作，油烟子吸进鼻子里，我的鼻孔会发黑。用小拇指往鼻孔里一掏，连手指都染黑了。还有，点燃的煤油灯会持续释放出一种毒气，毒气作用于我的眼睛，眼睛会发红，眼睑会长小疮。不过，只要煤油灯能给我一点光明，那些小小不言的副作用就不算什么了。

在床铺上写作

1970年夏天，我到河南新密煤矿参加工作，当上了工人。一开始，我并没有下井采煤，而是被分配到水泥支架厂的石坑里采石头。厂里用破碎机把石头粉碎，掺上水泥，制成水泥支架，运到井下代替木头支架支护巷道。

当上工人后，我对写作的喜好还保持着。在职工宿舍里，我不必在煤油灯下写作了，可以在明亮的电灯光照耀下写作。新的问题是，宿舍里没有桌子，也没有椅子，面积不大的一间宿舍支有四张床，住了四个工友，我只能借用其中一个工友的一只小马扎，坐在低矮的马扎上，趴在自己的床铺上写东西。我们睡的床铺，都是用两条凳子支起的一张床板，因我铺的褥子比较薄，不用把褥子掀起来，直接在床铺上写就可以。我以给矿务局广播站写稿子的名义，向厂里要了稿纸，自己买了钢笔和墨水，就以床铺当写字台写起来。八小时上班之余，就是在单身职工宿舍的床铺上，我先后写了广播稿、豫剧剧本、恋爱信、恋爱抒情诗，和被称为小说处女作的第一篇短篇小说。

怎么想起写小说呢？还得从我在厂里受到的打击和挫折说起。矿务局组织文艺汇演，要求局属各单位都要成立毛泽东思想文艺宣传队。厂里有人知道我曾在中学、大队、公社的宣传队都当过宣传队员，就把组织支架厂宣传队的任务交给了我。我以自己的自负、经验和组织能力，从各车间挑选文艺人才，很快把宣传队成立起来，并紧锣密鼓投入节目排练。我自认为任务完成得还可以，无可挑剔。只是在汇演结束、宣传队解散之后，我和宣传队其中一名女队员交上了朋友，并谈起了恋爱。我们都处在谈恋爱的年龄，谈恋爱应该是正常现象，无可厚非。但不知为什么，车间的指导员和连长（那时的车间也叫民兵连）千方百计阻挠我们的恋爱。可怕的是，他们把我趴在床铺上写给女朋友的恋爱信和抒情诗都收走了，审查之后，他们认为我被资产阶级的香风吹晕了，所写的东西里充满小资产阶级情调。于是，他们动员全车间的工人批判我们，并分别办我们的学习班，让我们写检查，交代问题。厂里还专门派人到我的老家搞外调，调查我父亲的历史问题。我之所以说可怕，是后怕。亏得我在信里无涉时政，没有任何可授人以柄的不满言论，倘稍有不慎，被人找出可以上纲上线的阶级斗争新动向，其恶果不堪设想。因为没抓到什么把柄，批判我们毕竟是瞎胡闹，闹了一阵就过去了。如果没有批判，我们的恋爱也许显得平淡无奇，正是因为有了多场批判，才使我们的爱情经受了考验，提升了价值，并促进了我们的爱情，使我们对来之不易的爱情倍加珍惜。

既然找到了女朋友，既然因为爱写东西惹出了麻烦，差点儿被开除了团籍，是不是从此之后就放弃写作呢？是不是好好采石头，当一个好工人就算了呢？不，不，我还要写。我对写作的热爱就表现在这里，我执拗和倔强的性格也在写作问题上表现出来。我不甘心只当一个体力劳动者，还要当一个脑力劳动者；我不满足于只过外在的物质生活，还要过内在的精神生活。还有，家庭条件比我好的女朋友之所以愿意和我谈恋爱，主要看中的就是我的写作才能，我不能恋爱关系刚一确定就让她失望。

恋爱信不必再写了，我写什么呢？想来想去，我鼓足勇气，写小说。小说我是读过不少，中国的，外国的，古典的，现代的，都读过，但我还从没写过小说，不知从哪里下手。我箱子里虽藏有从老家带来的《红楼梦》《茅盾文集》《无头骑士》《血字的研究》等书，那些书当时都是禁书，一点儿都不能参照，只能蒙着写。有一点我是知道的，写小说可以想象，可以编，能把一个故事编圆就可以了。我的第一篇小说是1972年秋天写的。小说写完了，它的读者只有两个，一个是我的女朋友，另一个就是我自己。因为当时没地方发表，我也没想着发表，只把小说拿给女朋友看了看，受到女朋友的夸奖就完了，就算达到了目的。后来有人问我最初的写作动机是什么，我的回答是为了爱，为了赢得爱情。

转眼到了1977年，全国各地的文学刊物纷纷办了起来。此前我已经从支架厂调到矿务局宣传部，从事对外新闻报道工作。看了别人的小说，我想起来我还写过一篇小说呢！从箱底把小说翻出来看了看，觉得还说得过去，好像并不比刊物上发表的小说差。于是，我改巴改巴，抄巴抄巴，就近寄给了《郑州文艺》。当时我最想当的是记者，没敢想当作家，小说寄走后，没怎么挂在心上。若小说寄出后无声无息，会对我能否继续写小说产生消极影响。不料编辑部通过外调函对我进行了一番政审后，我的在箱底沉睡了六年的小说竟然发表了。不但发表了，还发表在《郑州文艺》1978年第2期的头题位置，小说的题目叫《棉纱白生生》。

在厨房里写作

1978年刚过罢春节，我被借调到北京煤炭工业部一家名叫《他们特别能战斗》的杂志编辑部当编辑。一年之后，我和妻子、女儿举家正式调入北京。其实，对于调入北京，当初我的态度并不是很积极，当编辑部负责人征求我的意见时，我所表达的明确意见是拒绝的。负责人不解，问为什么？我说我想从事文学创作，想在煤矿基层多干些时间，多积累一些生活。负责人认为我做编辑还可以，没有发现我在文学创作方面的才能。对于这样的判断，我无可辩驳。因为我拿不出像样的作品证明自己的文学才能，同时，对于能不能走文学这条路，我只有愿望，并没有多少底气。我想我还年轻，才二十多岁，有年龄优势，愿意从头学习，所以还是坚持要回到基层去。可作为一个下级工作人员，我的坚持最终还是服从了上级的坚持。

到了北京,实现了当编辑和记者的愿望,好好干就是了。是的,我没有辜负领导的信任和期望,确实干得不错。编辑部里的老同志比较多,只有我一个年轻编辑,我愿意多多干活儿,有时一期杂志所发的稿子都是我一个人编的。我还主动往基层煤矿跑,写一些有分量或批评性的稿子,以增加刊物的影响力。那时我们刊物每期的发行量超过了十万册,在全国煤矿的确很有影响。

不必隐瞒,在做好本职工作的前提下,我利用业余时间,一直在悄悄地写小说。1980年,我在《奔流》发表了以三年困难时期的生活为题材的短篇小说《看看谁家有福》。1981年,我的第一部中篇小说《在深处》,登上了《莽原》第三期的头条位置。前者引起了争议,被翻译到了美国,《剑桥中华人民共和国史》还介绍了这篇小说。后者获得了河南省首届优秀文学作品奖。因《看看谁家有福》这篇小说,单位领导专门找我谈话,严肃指出,小说的内容不太健康。我第一次听说用健康和不健康评价小说,觉得挺新鲜的。我并不认为自己的小说有什么不健康。改革开放的大幕已经拉开,我对领导的批评没有太在意,该写还是写,该怎么写还怎么写。

到了1983年底,我们的杂志先是改成了《煤矿工人》,接着由杂志变成了报纸,叫《中国煤炭报》。报纸一创办,我就要求到副刊部当编辑。这时,报社开始评职称。因我没读过大学,没有大学文凭,报社准备给我评一个最初级的助理编辑职称,还要对我进行考试。这让我很是不悦,难过得哭了一场。在编辑工作中,我独当一面,干活儿最多。要评职称了,我却没有评编辑的资格。那段时间,大家一窝蜂地去奔文凭。要说我也有拿文凭的机会,比如煤炭记者协会先后在复旦大学和武汉大学办了两次新闻班,去学个一年两年,就可以拿到一个新闻专业的毕业文凭。可是,我的两个孩子还小,我实在不忍心把两个孩子都留给妻子照顾,自己一个人跑到外地去学习。一个负责任的顾家的男人,应该使自己的家庭得到幸福,而不是相反。我宁可不要文凭,不评职称,也要和妻子一起共同守护我们的一双儿女。同时我认准了一个方向,坚定了一个信念,那就是我要著书,通过著书拿到一种属于我自己的别样的"文凭"。我已经写过几篇短篇小说和几篇中篇小说,但还没出过一本书。我要向长篇小说进军,通过写长篇出一本属于自己的书。我明白写一部长篇小说的难度,它起码要写够一定字数,达到一定长度,才算是一部长篇小说。它要求我必须付出足够的时间、精力和耐心,并做好吃苦和失败的准备。这些我都不怕,千里之行,始于足下,只管干起来吧。

虽说从矿区调到了首都北京,我的写作条件并没有得到多少改善。刚调到北京时,我们一家三口住在六楼一间九平方米的小屋,还是与另外一家四口合住,我们住小屋,人家住大屋,共用一个卫生间和一个厨房。过了一两年,生了儿子后,我们虽然从六楼搬到了二楼,小房间也换成了大房间,但还是两家合住。只是住小房间的是刚结婚的小两口,人家下班后只是在房间里住宿,不在厨房做饭,厨房归我们家独用。这样一来我就打起了厨房的主意,决定在厨房里开始我的长篇小说创作。

写小说又不是炒菜,无须使用油盐酱醋味精等调料,为何要在厨房里写作呢?因为不做饭的时候,厨房是一个相对安静的空间。想想看,我的两个孩子还小,母亲又从老家来北京帮我们看孩子,屋子里放了两张床,显得拥挤而又凌乱,哪里有容我静心写作的地方呢!到了晚上十点以后,等家里人都睡了,我倒是可以写作。可是,白天上了一天班,我也是只想睡觉,哪里还有精力写作。再说,我要是开灯写作,也会影响母亲、妻子和孩子睡觉。我别无选择,只能一大早爬起来,躲进厨房里写作。

我家的厨房是一个窄条,恐怕连两个平方米都不到,空间相当狭小。厨房里放不下桌子，我也不能趴在灶台上写，因为灶台的面积也很小，除了两个煤气灶的灶眼，连一本稿纸都放不下。我的办法是，在厨房里放一只方凳，再放一只矮凳，我坐在矮凳上，把稿纸放在方凳上面写。我用一只塑料壳子的电子表定了时间，每天凌晨四点，电子表里模拟公鸡的叫声一响，我便立即起床，到厨房里拉亮电灯，关上厨房的门，开始写作。进入写作状态，就是进入自己的内心世界，也是进入回忆、想象和创造的状态。一旦进入状态，厨房里的酱油味、醋味和洗菜池里返上来的下水道的气味就闻不见了。在灶台上探探索索爬出来的蟑螂，也可以被忽视。我给自己规定的写作任务是，每天写满十页稿纸，也就是三千字，可以超额，不许拖欠。从四点写到六点半，写作任务完成后，我跑步到建国门外大街的街边为儿子取牛奶。等我取回预定的瓶装牛奶，家人就该起床了，大街上也开始喧闹起来。也就是说，当别人新的一天刚刚开始，本人已经有三千字的小说在手，心里觉得格外充实，干起本职工作来也格外愉快。

在地下室和公园里写作

在我写第一部长篇小说时，还没有双休日，一周只休息一天，只有星期天休息。星期天对我来说是宝贵时间，我必须把它花在写小说上。除了清晨在厨房里写一阵子，还有整整一个白天，去哪里写呢？去办公室行吗？不行。我家住在建国门外的灵通观，而我上班的地方在安定门外的和平里，住的地方离办公室太远了。上班的时候，我和妻子每天都是早上坐班车去，下班时坐班车回。星期天没有班车，我如果搭乘公共汽车去办公室，要转两三次车才能到达，需要自己花钱买票不说，差不多有一半时间都浪费在路上了，实在划不来。

只要想写，总归能找到地方。我们住的楼楼层下面有地下室，我到地下室看了看，下面空空洞洞，空间不小，什么用场都没派。别看楼上住那么多人，楼下的地下室却是无人之境。我在地下室里走了一圈，稍稍有些紧张。地下室里静得很，我似乎听到了自己的呼吸。这么安静的地方，不是正好可以用来写东西嘛！我对妻子说，我要到地下室里写东西。妻子说：你不害怕吗？我说：那有什么可怕的！我拿上一个小凳子，背上我的黄军挎，就到地下室里去了。我把一本杂志垫在双膝并拢的膝盖上，把稿纸放在杂志上，等于在膝盖上写作。在地下室里写了两个星期天，给我的感觉不是很好。地下室的地板上积有厚厚的像是水泥一样的尘土，用脚一踩就是一个白印。可能有人在地下室撒过尿，里面弥漫着挥之不去的尿臊味。加之地下室是封闭的，空气不流通，让人感觉压抑。写作本身也是一种呼吸，呼吸不到好空气，似乎自己笔下也变得滞涩起来。不行，地下室里不能久待，还是换地方好。

我家离日坛公园不远，大约一公里的样子。我多次带孩子到公园里玩过，还在公园里看过露天电影。公园不收门票，进出都很方便。又到了星期天，我就背着书包到日坛公园里去了。那时的日坛公园内没什么建筑，也没怎么整理，除了一些树林子，就是大片大片长满荒草的空地。我对那时的日坛公园印象挺好的，觉得人为的因素不多，更接近自然的状态。我踏着荒草，走进一片柿树林子里去了。季节到了秋天，草丛里开着星星点点的野菊花，一些植物高高举起了球状的果实。柿子黄了，柿叶红了，有的成熟的柿子落在树下的草丛里，呈现的是油画般的色彩。熟金一样的阳光普照着，林子里弥漫着暖暖的成熟的气息。我选择了一棵稍粗的柿树，背靠树干在草地上坐下开始了我的公园写作。公园里没有多少游人，环境还算安静。有偷吃柿子的喜鹊，刚在树上落下，发现树下有人，赶紧飞走了。有人大概以为我在写生，画画，绕到我背后，想看看我画的是什么。当发现我不是写生，是在写字，就离开了。

就这样，我早上在厨房里写，星期天到公园里写，用了不到半年的业余时间，第一部长篇小说《断层》就完成了。这部23万字的书稿，由郑万隆推荐给刚成立不久的中国文联出版公司的文学编辑室主任顾志成，由秦万里做责任编辑，书在1986年8月出版。书只印了9000册，每本书的定价还不到两元钱，我却得到了六千多块钱的稿费。这笔稿费对我们家来说可是一笔大钱，一下子改善了家里的经济状况，使我们可以买电视机和冰箱。说到稿费，我顺便多说两句。发第一篇短篇小说时，我得到的稿费是30元。妻子说，这个钱不能花，要保存下来做个纪念。发第一篇中篇小说时，我得到的稿费是370元。当年我们的儿子出生，我们夫妻因超生被罚款，生活相当拮据。收到这篇稿费，岳母说是我儿子有福，儿子出生了，钱就来了。还有，这本书获得了首届全国煤矿长篇小说"乌金奖"。也是因为这本书的出版，我被列入青年作家行列，参加了1986年底在北京京丰宾馆召开的全国青年文学创作会议。

在办公室里写作

我家的住房条件逐步得到改善。1985年冬天，我们家从灵通观搬到静安里，住房也由一居室变成了两居室。还有一个有利条件是，新家离办公室近了，骑上自行车，用不了二十分钟，就可以从家里来到办公室。

这样，我早上起来就不必窝蜷在厨房里写作了。长时间在厨房里写作，身体重心下移，我觉得自己的肚子有些下坠，好像要出毛病似的。搬到新家以后，妻子给我买了两个书柜，把小居室布置成一间书房，让我在书房里写作。到了星期天和节假日，为了寻找比较安静的写作环境，我也不用再去公园，骑上自行车，到办公室里写作就是了。

在煤炭报工作将近二十年，每年的劳动节、国庆节和春节，在一分钱加班费都没有的情况下，在别人都不愿意值班的情况下，我都主动要求值班。值班一般来说没什么事，我利用值班时间主要是写小说。煤炭工业部是一座工字形大楼，煤炭报编辑部在大楼的后楼。在工作日，大楼里工作人员进进出出，有近千人上班。而一到节假日，整座大楼变得空空荡荡，寂静无声。有一年国庆节，我正在办公室里写小说，窗外下起了雨，秋雨打在窗外发黄的杨树叶子上哗哗作响。抛书人对一树秋，一时间我对自己的行为有些质疑：过节不休息，还在费神巴力地写小说，这是何苦呢！质疑之后，我对自己的解释是：没办法，也许这就是自己的命吧！还有一年春节的大年初一，我一个人在办公室里写小说时，听着大街上不时传来的鞭炮声，甚至生出一种为文学事业献身的悲壮情感。

尽管我只是业余时间在办公室里写小说，有人还是对我写小说有意见，认为新闻才是我的正业，写小说是不务正业。有时我在办公室里愣一会儿神，有人就以开玩笑的口气问我，是不是又在构思小说呢！不管别人对我写小说有什么样的看法，我对文学创作的信念没有改变。有一年报社改革，所有编辑部主任要通过发表演说进行竞聘，才有可能继续上岗当主任。我在竞聘副刊部主任时明确表态：文学创作是我的立身之本，不管在什么情况下，我不会放弃文学创作。这个部主任我可以不当，要是让我从此不写小说，我做不到。听到我这样的表态，有的想当主任的人就散布舆论，说刘庆邦既然热衷于写小说，主任就让别人当呗！我已经做好了当普通编辑的准备，当不当主任无所谓，真的无所谓。好在当时报社的主要领导比较开明，他在会上说，办报需要文化，报社需要作家，作家当副刊部主任更有说服力，也更有影响力。竞聘的结果，让我继续当副刊部主任。

在国外写作

　　国家改革开放以后，我曾先后去过马来西亚、泰国、日本、埃及、希腊、意大利、丹麦、瑞典、冰岛、加拿大、肯尼亚、南非等二三十个国家。去了，也就是浮光掠影地走一走，看一看，回头顶多写上一两篇散文，或什么都不写，就翻过去了。我从没有想过在外国住下来写作。可到了2009年春天，美国一家以诗人埃斯比命名的文学基金会，邀请中国作家去美国进行为期一个月的写作，中国作家协会派我和内蒙古的作家肖亦农一同前往。

　　我们来到位于西雅图奥斯特拉维村的写作基地一看，觉得那里的环境太优美了，空气太纯净了。我们住的地方在海边的原始森林里，漫山遍野都是高大的古树。大尾巴的松鼠在树枝上跳跃，红肚皮的小鸟在树间飞行。树林下面是草地，一两只野鹿在草地上悠闲地吃草。那里的气候是海洋性的，阴一阵，晴一阵；风一阵，云一阵；雪一阵，雨一阵，空气一直很湿润。粉红的桃花开满一树，树叶还没长出来，长在树枝上的是因潮湿而生的丝状的青苔。我们住的是一座木结构两层楼别墅，我住在二楼的一个房间。房间的窗户很大，却不挂窗帘，我躺在床上，即可望见窗外的一切。窗外是草地，草地里有一堆堆像是土拨鼠翻出的新土，每个土堆上都戴着一顶雪帽。再往远处看，是大海。海的对岸是山，山上有积雪，一切都像图画一样。

然而，我们不是单纯去看风景的，也不是专门去呼吸清新空气的，我们担负的使命是写作。于是，我尽快调整时差，跟着美国的时间走，还是一大早起来写东西。除了通过写日记，把每天的所见所闻记下来，我还着手写短篇小说和散文。每天写一段时间，看到外面天色微明，我就到室外的小路上去跑步。跑步期间，小路上静悄悄的，一个人影都没有，我未免有些紧张。因为树林边有标示牌提醒，此地有熊出没，我害怕突然从密林里冲出一只熊来，把我拖走。还好，我没有遇到过熊。只有一次，我遇到了一位穿着头帽衫遛狗的男人，他的巨型狗看见我，不声不响向我走来。狗要干什么，难道要咬我吗？我吓得赶紧立定，大气都不敢出。狗只是嗅了嗅我的手，就被它的主人唤走了。

我们在美国写作遇到的困难是，美国朋友把我们两个往别墅里一放，只发给我们一些生活费，就不管了，没人给我们做饭吃。两个大老爷们儿，一时面面相觑，这可怎么办？肖亦农说，他在家里从来没做过饭，我说我做饭水平也一般。人以食为天，总归要吃饭，我只好动手做起来。我蒸米饭，做烩面，烧红薯粥，还摸索着学会了烤鸡和烤鱼，总算把肚子对付住了。利用那段时间，我写了一篇短篇小说《西风芦花》，还写了两篇散文。其中一篇散文《漫山遍野的古树》，写的就是奥斯特维拉的原始自然生态。

有了在美国写作的经历，以后再出国，我都会带上未写完的作品，走到哪里写到哪里。我一般不参加夜生活，朋友晚上拉我外出喝酒我也不去，我得保证睡眠，以免影响写作。从文后所记的写作时间和地点可以看出，我在摩洛哥的卡萨布兰卡和莫斯科都完成过短篇小说。

在宾馆里写作

写作几十年,多多少少积累了一些名声。有外地的朋友愿意在吃住行等方面提供便利,让我到他们那里写作。我感谢朋友们的美意,同时也婉言谢绝了他们的邀请。

有一种说法是,现在有的作家住在宾馆里写作,吃饭有美食,出门有轿车,生活安逸得几乎贵族化了。说这样的作家因脱离了劳苦大众,不了解人民的疾苦,很难再写出有悲悯情怀、与大众心连心的作品。对于这样的说法,我并不认同。托尔斯泰郊区有庄园,城里有楼房,服务有仆人,本身就是一位贵族,但他的作品始终葆有对底层劳动人民的同情,充满宗教情怀和人道主义精神。看来问题不在于在什么条件下写作,而在于有没有一颗对平民的爱心。

我自己之所以不愿到外地宾馆写作,在向朋友们解释时,上面这些话我都不会说,我只是说,我习惯在家里写作,金窝银窝都不如自己的臊窝。只有在自己家里,闻着自己房间的气味,守着自己的妻子,写起来才踏实,自在。

无奈的是,作为一个社会人,我有时必须到宾馆里去住。比如说,作为北京市的一名政协委员,十五年了,每年的年初我都会去宾馆参加会议,头五年住京西宾馆,后十年住五洲大酒店,每次一住就是六七天。在宾馆里住这么长时间怎么办?还要不要写东西呢?去开会之前,我手上一般都会有正在写的作品,如果不带到宾馆接着写,我就会中断写作。三天不写手生,倘若中断了写作,回头还得重新找感觉。为了不中断写作,我只好把未完成的作品带到宾馆继续写。因为我的习惯是一大早起来写作，所以并不影响按时参加会议和写提案履职。加上我一个人住一个房间，洗澡，休息，喝茶，吃水果，都很方便，不会影响别人休息。算起来，我在宾馆里写的作品也有好几篇了。例如我手上正写的这篇比较长的散文，在家里写了开头，就带到五洲大酒店去写。在酒店里仍没写完，拿回家接着写。

此外，我在西安、上海、广州、深圳等地的宾馆，也写过小说和散文。

总之，一支笔闯天下，我是走到哪里，写到哪里。我说了那么多写作的地方，其实有一个最重要的地方我还没说到，那就是我的心，我一直在自己的心里写作。不管写作的环境怎么变来变去，在心里写作是不变的。心里有，笔下才会有。只要心里有，不管走到哪里，我们都能写出来。我尊敬的老兄史铁生说得好，我们的写作是源自心灵，是内在生活，写作的过程，也是塑造自我、完善自我的过程。

2017年1月11日至24日于北京五洲大酒店和小黄庄
（载《人民文学》2017年第5期）

《走窑汉》是怎样"走"出来的

——我与《北京文学》

《北京文学》是我的"福地",我是从这块"福地"走出来的。1985年9月,我在《北京文学》发表了短篇小说《走窑汉》,这篇小说被文学评论界说成是我的成名作。林斤澜先生另有独特的说法,他在文章里说:"刘庆邦通过《走窑汉》,走上了知名的站台。"汪曾祺先生也曾对我说:"你就按《走窑汉》的路子走,我看挺好。"

在《北京文学》创刊70周年之际,我主要想回顾一下《走窑汉》的发表过程,作家、评论家对它的关注,以及它所产生的一系列影响。

我的老家在河南,1970年7月,我到河南西部山区的煤矿参加了工作。我一开始写的小说,在河南的《奔流》和《莽原》杂志上发表得多一些,一连发表了八九篇吧。时在《北京文学》当编辑的刘恒,看到我在河南的文学杂志上发表的小说,写信向我约稿,希望我给《北京文学》写稿子。我给《北京文学》写的第一篇小说叫《对象》,发表在《北京文学》1982年第12期。大概因为这篇小说比较一般,发了也就过去了。但这篇小说能在《北京文学》发表，对我来说是重要的，难忘的。我认为《北京文学》的门槛是很高的，能跨过这个门槛，对我的写作自信增加不少。刘恒继续跟我约稿，他给我写的信我至今还保存着。他在信中说："再一次向你呼吁，寄一篇震的来！把大旗由河南移竖在北京文坛，料并非不是老兄之所愿也。用重炮向这里猛轰！祝你得胜。"刘恒的信使我受到催征一样的强劲鼓舞，1985年夏天，在我写完了长篇小说《断层》之后，紧接着就写了短篇小说《走窑汉》。写完之后，感觉与我以前的小说不大一样，整篇小说激情充沛，心弦紧绷，字字句句充满内在的张力。我妻子看了也说好，她的评价是，一句废话都没有。这篇小说我没有通过邮局寄给刘恒，趁一个星期天，我骑着自行车，直接把小说送到了《北京文学》编辑部。那时我家住在建国门外大街的灵通观，《北京文学》编辑部在西长安街的六部口，我家离编辑部不远，骑上自行车，十几分钟就可到达。因为那天是休息日，我吃不准编辑部里有没有人上班。我想，即使去编辑部找不到人也没什么，我到长安街遛一圈也挺好。我来到编辑部一间比较大的编辑室一看，见有一个编辑连星期天都不休息，正在那里看稿子。而且，整个编辑部只有他一个人。那个编辑是谁呢？巧了，正是我要找的刘恒。我们简单聊了几句，刘恒接过我送给他的稿子，当时就翻看起来。一般来说，作者到编辑部送稿子，编辑接过稿子就放下了，会说，稿子他随后看，看过再跟作者联系，不会立即为作者看稿子。然而让我难忘和感动的是，刘恒没有让我走，马上就为我看稿子。他特别能理解一个业余作者的心情，善于设身处地地为作者着想。刘恒在一页一页地看稿子，我就坐在那里一秒一秒地等。他看我的稿子，我就看着他。屋里静得似乎连心脏的跳动都听得见。我心里难免有些打鼓，不知道这篇小说算不算刘恒说的"震"的，亦不知算不算"重炮"，一切听候刘恒定夺。在此之前，我在《奔流》上读过刘恒所写的小说，感觉他比我写得好，他判断小说的眼光应该很高。小说也就七八千字，刘恒用了不到半个小时就看完了。刘恒的看法儿是不错，挺震撼的。刘恒还说，小说的结尾有些出乎他的预料。我的小说结尾出乎他的预料，刘恒的做法也出乎我的预料，他随手拿过一张提交稿子所专用的铅印稿签，用曲别针把稿签别到了稿子上方，并用刻刀一样的蘸水笔，在稿签上方填上了作品的题目和作者的名字。

1985年9月号的《北京文学》，是一期小说专号。我记得在专号上发表小说的作家有郑万隆、何立伟、乔典运、刘索拉等，我的《走窑汉》所排列的位置并不突出。但在上个世纪八十年代，人们主要关注的是作品本身的文学品质，对作品排在什么位置并不是很在意，看作品也不考虑作者的名气大小。对于文学杂志上出现的新作者，大家带着发现的心情，似乎读得更有兴趣。

小说发表后，我首先听到的是上海方面的反应。王安忆看了《走窑汉》，很是感奋，用她的话说："好得不得了！"她立即推荐给上海的评论家程德培。程德培读后激动不已，随即写了一篇评论，发在1985年10月26日的《文汇读书周报》上，评论的题目是《这"活儿"给他做绝了》。程德培在评论里写道："短短的篇章，它表现了诸多人的情与性、爱情、名誉、耻辱、无耻、悲痛、复仇、恐惧、心绪的郁结、忏悔、绝望，莫名而无尽的担忧、希望而又失望的折磨、甚至生与死，在这场灵魂的冲突和较量中什么都有了。这位不怎么出名的作者，这篇不怎么出名的小说写得太棒了！"当年，程德培、吴亮联袂主编了一本厚重的《探索小说集》，由上海文艺出版社出版。小说集收录了《走窑汉》。后来，王安忆以《走窑汉》为例，撰文谈了什么是小说构成意义上的故事，并谈到了推动小说发展的情感动力和逻辑动力。说实在话，在写小说时，我并没有想那么多。王安忆的分析，使我明白了一些理性的东西，对我今后的创作有着启发和指导性的意义。

北京方面的一些反应，我是隔了一段时间才听到的。有年轻的作家朋友告诉我，在一次笔会上，北京的老作家林斤澜向大家推荐了《走窑汉》，说这篇小说可以读一下。1986年，林斤澜当上了《北京文学》主编。在一次约我谈稿子时，林斤澜告诉我，他曾向汪曾祺推荐过《走窑汉》。汪曾祺看过一遍之后，并没觉得有什么特别的好。林斤澜坚定地对汪曾祺说：你再看！等汪曾祺再次看过，林斤澜打电话追着再问汪曾祺对《走窑汉》的看法。汪曾祺这次说：是不错。汪曾祺问作者是哪里的，林斤澜说：不清楚，听说是北京的。汪曾祺又说：现在的年轻作家，比我们开始写作时的起点高。在全国第五次作家代表会上，林斤澜把我介绍给汪曾祺，说这就是刘庆邦。汪曾祺像是一时想不起刘庆邦是谁，伸着头瞅我佩戴的胸牌，说他要验明正身。林斤澜说：别看了，《走窑汉》！汪曾祺说：《走窑汉》，我知道。

可以说，是《走窑汉》让我真正"走"上《北京文学》，然后走向全国。将近四十年来，我几乎每年都在《北京文学》发作品，有时一年一篇，有时是一年两篇。前天我专门统计了一下，迄今为止，我已经在《北京文学》发表了35篇短篇小说，5部中篇小说，一篇长篇非虚构作品，还有七八篇创作谈，加起来有60多万字，出两本书都够了。

走窑汉，是对煤矿工人的称谓。我自己也曾走过窑。煤还在挖，走窑汉还在"走"。我的持续不断的写作，与走窑汉挖煤有着同样的道理。"走窑汉"往地层深处"走"，是为了往上升；"走窑汉"在黑暗里"行走"，是为了采掘和奉献光明。

2020年1月20日至22日于北京和平里

十五岁的少年向往百草园

第一次去鲁迅先生的故乡绍兴,我还是一个刚满 15 周岁的农村少年。去绍兴的具体日期我记不清了,只记得大致的时间,是公历 1967 年的元旦之后,农历羊年的春节之前。我的家乡在中原腹地,作为一个一文不名的未成年人,之所以能到数千里之外的绍兴去,是借助于当年红卫兵大串联的机会,满足的是自己的私心。去湖南看了坐落在韶山冲的毛泽东故居之后,我在湘潭的红卫兵接待站过的新年,吃了一碗很香、很难忘的肥猪肉炖胡萝卜。接着我扒火车去了南昌。我在南昌停留的目的是单一的,就是想看看我们的中学课本里所描绘的八一南昌大桥。到南昌的第二天,我就看到了大桥。大桥横跨在滚滚东流的赣江之上,在阵阵江风中,我趴在桥头的石头栏杆上,看碧蓝的江水,看浮在水面的鱼群,看顺流而下的行船,迟迟不愿离去。下一站,我就来到了被称为人间天堂的杭州。

到杭州看什么呢?在没到杭州之前我就听说过,杭州有西湖、断桥;有钱塘江、六和塔;还有灵隐寺、岳飞庙等等,风景名胜多得数不胜数。但这些都不是我最想去的地方，或者说都不是我的首选。那么，我首选的地方是哪里呢？说出来也许有的朋友不相信，我的首选之地是离杭州不太远的绍兴的百草园。为什么一心一意要去百草园看看呢？这也是课本的作用，文章的力量。在我们中学的语文课文里，有一篇鲁迅先生的文章，题目是《从百草园到三味书屋》。文章所写到的百草园里，有树有藤，有菜畦水井，有草有花，有绿有红，有鸟有蜂，内容十分丰富，美好。鲁迅先生说，百草园是他儿时的乐园。我们把文章读来读去，诵来诵去，百草园就留在了我们心中，似乎也成了我们的乐园，精神乐园。记得我们的语文老师在讲这篇课文时，讲得声情并茂，对百草园十分神往。他说他很想去百草园看看，这辈子恐怕是没有机会了。哪个同学若有机会，他希望一定要替他去看看百草园。基于这些根深蒂固的原因，我既然来到了杭州，就一定要到绍兴的百草园看一看，如果不去看百草园，来杭州跟白跑一趟差不多。

我向接待站的服务人员打听得知，从杭州到绍兴有一百二十多华里，既没有火车可乘坐，卖票的公共汽车也很少，要去绍兴，只能是步行。步行对我来说不是什么难事。我一开始组织的就是徒步长征队，我们打着红旗，从家乡的学校出发南下，穿过大别山，一直走到了武汉。通过"长征"，我觉得我已经锻炼出来了，一天走个一百多里不成问题。我还听说，从杭州到绍兴，虽没有客运列车，却有一条运货的铁路通往绍兴。于是，到杭州的第二天一大早，我就披着星光，沿着两道铁轨之间的枕木，快步向绍兴进发。我没有别的同伴，我的长征队伍到武汉就走散了，从武汉再往前，就剩下我孤身一人。我身上没带什么东西，只背了一只跟当过兵的堂哥借来的黄军挎。挎包里装着折叠起来的长征队的旗帜，还有一本包了红塑料皮的袖珍毛主席语录本，语录本里夹着学校给我们开的介绍信。从夜里走到白天，从早上走到中午，因担心天黑之前走不到绍兴，我半路没有停下来，中午连一口饭都没吃,连一口水都没喝,一直在枕木上跨越式前行。走得热了,我觉得后背上汗津津的,就解开对襟棉袄上的布扣子,露出光光的肚皮,继续往前走。没错儿。我是一个家境贫穷的农村孩子,我穿的是黑粗布棉裤和黑粗布棉袄,棉裤和棉袄外面都没有罩衣,里面也没有衬衣,都是干耍筒儿。说来不怕朋友们笑话,我棉裤里不但没有穿秋裤,连件裤衩都没有,穿不起呀!我完全能够回忆起我当时的样子,刺棱着头发,脸上风尘仆仆,在向着既定的目标孤独前进。我不是去地里扒红薯,也不是去地里撵兔子,而是怀着一种景仰的心情,为了一个精神性的目的,饿着肚皮,奔赴鲁迅先生笔下的百草园。

到了,在西边的天际飞满红霞的时候,我下了铁路,来到河网纵横、到处闪耀着明水的绍兴。我走上了一条长长的石板路,这条石板路铺在一条长河中间,两边都是宽阔的水面,石板路不宽也不高,离水面很近,跟水面几乎是水平的,一弯腰就能撩起一把水。水里有行船,是那种两头尖尖的小船。离我较近的一只船,跟我的行进是同一个方向。划船的人头上戴一顶旧毡帽,他手里划着一支桨,脚上蹬着一支桨,借助双桨,竟比我走得还快。我想,这位划船人或许就是鲁迅家的亲戚,我加快速度,毫不放松地跟定他。当天晚上。因鲁迅故居已经关门,我没能看成百草园和三味书屋,只能就近找个接待站住下来。当时,只要自称是毛主席的红卫兵,住接待站非常容易,而且吃住全部免费。到绍兴的第二天上午,我如愿看到了向往已久的百草园。冬日的百草园显得有些荒芜和萧条,除了墙边立着一些落尽叶子的树木,墙头爬着一些枯藤,整个园子里别说百草了,连一棵绿草都看不到。但远道而来的少年并没有因此而失望,因为鲁迅先生笔下的百草园已经为他提供了一个想象的蓝本,根据蓝本,他不仅可以在想象中把百草园的情景复原,或许比原本的百草园更加丰富多彩,更加美好动人。

拾柴火

跨过一条小河，走过一座石桥，我当然也看了河边的三味书屋。比起百草园来，我不那么喜欢三味书屋。这可能与鲁迅先生的态度有关。我从鲁迅先生的态度里感觉出来，他对三味书屋也不是很喜欢，百草园和三味书屋，似乎代表着他的两个人生阶段，如果说前者代表自由的话，后者就意味着从此被约束，失去了无忧无虑的自由。

回想起来，55年前我第一次去百草园，并没有什么文学的观念，更没有想到日后要写小说，更多的是出于童心，出于好奇，出于想增加一些对老师和同学们吹嘘的资本。哪里料得到呢？在1972年，我21岁那年，当矿工之余，竟然做起小说来。更让我没有想到的是，连续写小说写到2001年，也就是在我50岁那年，我的短篇小说《鞋》竟有幸获得了第二届鲁迅文学奖。当年的9月22日，在鲁迅先生诞辰120周年之际，我去绍兴领了奖。颁奖大会之后，在组委会的安排下，我和所有的获奖者一起，参观了鲁迅故居，以及百草园和三味书屋。35年后，重访百草园，我难免心生感慨，在心里默默地对百草园说：百草园，我又来了，你还记得我吗？还记得当年那个15岁的少年吗？

不管怎么说，获得了鲁迅文学奖之后，我的卑微的名字就与鲁迅先生的伟大名字有了某种联系。若深究起来，当年我奔赴百草园，文学之心还是有一点的，表面看是去看百草园，实际上是奔鲁迅先生去的，冥冥之中，一颗15岁的少年的心，是受到鲁迅先生作品的感染，得到鲁迅先生精神的召唤和心灵灯塔的指引，才坚定不移地奔鲁迅先生而去。也许从那时起，我心里才真正埋下了文学的种子，以后在不断向鲁迅学习写作的过程中，种子才渐渐发芽，开花，并结出一些果实。

第三次看百草园是在2004年夏天。那年，我携妻子在杭州的中国作家之家小住，我们一块儿去绍兴看了鲁迅故居后面的百草园，还看了三味书屋。

第四次看百草园，就到了 2021 年的秋天。在纪念鲁迅先生诞生 140 周年之际，《小说选刊》杂志社和绍兴市人民政府共同举办了"鲁奖作家鲁迅故乡行"采风活动，作为参加活动的 30 位作家之一，同时作为一位年届古稀的老人，我从始至终参加了全部活动。在百草园里，我看到园中放置了一块未经雕琢的大石头，上面镌刻着鲁迅先生所手书的绿色字体的百草园。我不知何时能再来百草园，特意在石头旁边留了影，并有些不舍似的在百草园里走了两三圈儿。

我这样不厌其烦地回忆前后四次去绍兴的过程，是想说明，我一直在读鲁迅先生的书，从少年读到青年，从青年读到中年，又从中年读到老年。我的阅读经历证明，鲁迅先生的书适合各个年龄段的读者阅读，可以常读常新，越读越深，在不同的年龄阶段，可以读出不同的美好，不同的意蕴。我相信，不仅我的阅读是这样，我国所有读者的阅读感受都是这样。不仅我们这一代的读者爱读鲁迅先生的书，下一代，再下一代的读者，都会继续爱读鲁迅先生的书。不仅我国的读者爱读鲁迅先生的书，外国的读者也会视鲁迅先生的著作为圭臬。这就是经典作家经典作品的永久魅力和伟大之所在。

2021 年 10 月 8 日至 10 日于怀柔翰高文创园

"北京三刘"的由来

一个人开始回忆往事,是不是表明这个人已经老了呢,是不是或多或少有些悲哀呢?然而,有些事如果当事人不回忆,别人不会当回事,大约也没兴趣回忆。就算偶尔只鳞半爪地提及,也不一定确切。比如曾在文学界流传的"北京三刘"这个说法的由来,别人很难说清,还是由我来回忆好一些。

据我所知,是北京"劲松三刘"的说法在前。"三刘"分别指的是小说家刘心武,评论家刘再复,诗人刘湛秋。恰好三位作家当时都居住在城东南部的劲松小区,三位作家又都姓刘,有人大概觉得这也算一个噱头,就把他们打包写进了文章里。好在劲松是个不错的意象,用劲松概括"三刘",读者读到的也是褒扬的意思。尽管他们后来各奔东西,但一提"劲松三刘"的标签,大家还是很快就能记起他们的名字。

在我国的传统文化里,自从有了老子的"道生一,一生二,二生三,三生万物"之说,人们总愿意拿三说事儿,好像三本身就代表万物，甚至代表无限，说起来比较省事儿。于是，有了"劲松三刘"不够，又有人在更大范围内把刘恒、刘震云和我撮堆儿，"北京三刘"的说法也出来了。当然了，任何说法都不是凭空而来，都会有一些依据。之所以把我们三个刘氏兄弟放在一起说，是因为在上个世纪八十年代后期，我们都在《北京文学》发了有一定影响的作品。刘恒发的是中篇小说《伏羲伏羲》，刘震云发的是中篇小说《单位》，我发的是短篇小说《走窑汉》和中篇小说《家属房》。从我所保存的报纸资料里看，第一个在文章里说到"三刘"的是作家许谋清。文章发表在《北京日报》1990年2月13日"广场"副刊的头条位置，题目是《〈北京文学〉和北京作家群》。他在文章里列举了刘恒、刘震云的一些作品后写道："有人说叫'二刘'也可以，说叫'三刘'也不是不行。热心的读者在刊物中还可以发现，还有一个刘庆邦。他的年龄比'二刘'还大一点，正在走向不惑。一个作家的成熟，不能简单的以年龄而论。"

从文章里的口气不难看出，把我与"二刘"相提并论是勉强的，对我来说，把我列为"三刘"之一有忝列之嫌，颇让人有些忸脸。可三的神秘魅力再次显现出来，这个说法还是很快传播开去，并从北京传到了外地。时任吉林《作家》杂志的副主编宗仁发为了呼应这个说法，与时任《人民日报》文艺部副主任的王必胜共同策划，要在《作家》做一个"北京三刘作品小辑"。为此，宗仁发在1992年3月31日专门给我写了一封信，仁发在信中说："请仁兄及另外二刘给《作家》捧个场，这个主意是我在一月份在必胜家与必胜议定的，为不落空，我委托必胜在京督阵。不知仁兄的稿子可曾写出？最好是每人一篇小说，然后一篇自传或创作谈（短些即可）。我想发在八月号上，开一个栏目，北京三刘小辑。时间已不宽裕，望仁兄别光琢磨，要立即行动！"

不知为何，仁发在当年的八月号上推出小辑的计划未能实现，直到1993年的二月号，小辑才在《作家》头条推出。在小辑里，发的是刘恒的中篇小说《夕阳行动》和创作谈《警察与文学》；刘震云的中篇小说《温故一九四二》和创作谈《狭隘与无知》；我的短篇小说《水房》和创作谈《关于女孩子》。震云的小说后来被冯小刚拍成了电影，我的小说被当年的《新华文摘》选载。在同一个小辑里，王必胜还为我们三人写了数千字的"作家印象记"，题目是《'三刘'小说》。

要知道，《作家》是一本一直坚守文学立场、保持文学尊严、在全国文坛很有影响力的刊物，有了《作家》的小辑，我们的知名度仿佛有了规模效应，一下子提高了不少。如果说《北京日报》上的说法还是一个易碎的新闻信息的话，《作家》杂志上的"北京三刘作品小辑"，无疑是一个比较正式的、有公信力的文学信息。果然，这个信息很快得到了文坛的认同，遂产生了一些后续的效应。有的出版社张罗着给我们出三人的作品合集，《北京文学》也有了给我们出作品小辑的计划。我不知道具体原因是什么，作品合集后来没有出成。《北京文学》出作品小辑的计划也没有实现，其原因我倒是听说一些，说是北京的刘姓作家太多了，比如还有刘绍棠、刘毅然、刘索拉等，绝非一组或两组"三刘"所能概括。而如果打破三人组合模式，扩大成刘氏作品专号的话，恐怕一期刊物都容纳不下。说着说着就成了笑谈，只好作罢。

关于"三刘"的笑话还有一些，我略举一例，聊博朋友们一哂。"三刘"的说法传开以后，连我当时供职的《中国煤炭报》社的一些同事都知道了。有一位副总编，只听其音，不知其字，把"三刘"的刘字理解成流水的流。有一次，我们一起到山东某大型煤矿企业去开会，副总编向企业的董事长介绍我说：这是我们报社的刘庆邦，副刊部主任，业余时间写小说，他被称为北京三流。如果副总编只介绍到这里，流水无痕，也就过去了。副总编大概怕董事长不明白，又解释了两句：刘庆邦在北京虽然算不上一流作家，说三流作家还是可以的。我怎么说？我没什么可说的。如果我说这个刘不是那个流，容易把话说多，显得我小气，太看重名声。再者，我要是忍不住加以解释，会给副总编的面子造成尴尬。我宁可自己尴尬，不能让别人尴尬，我只有点头，说是的是的。

　　我们哥儿三个都出生在上个世纪的五十年代，刘恒1954年出生，震云1958年出生，我生于1951年腊月。时间一晃，我说的都是三十年前的话了。刘恒后来写了小说写电影，写了电影写话剧，写了话剧写歌剧，每样创作都取得了骄人的成绩。我曾为刘恒写过一篇印象记，题目是《追求完美的刘恒》，在《光明日报》发了一整版。震云的每部小说差不多都被拍成了电影和电视剧，对全国的观众构成了大面积的覆盖，线上线下的"云粉"不计其数，把震云牛得不行不行的。和他们二位相比，我在名和利两方面都有相当大的差距。我虽说开始写作比他们早，却不如他们出道早；我虽说年龄比他们大，但才气和名气却不如他们大。之所以旧话重提，我没有任何蹭热度的意思，若干年后，再若干年后，也许可以看作一点文学资料吧。

2021年9月16日至18日于光熙家园

对所谓"短篇王"的说明

我在北京或去外地参加一些活动,主办方在介绍我时,往往会把我说成是什么"中国当代短篇小说之王"。每每听到这样的介绍,我从没有得意过,都是顿感如针芒在背,很不自在。有时实在忍不住,我会说一句不敢当,或者说一句我就是写短篇小说多一点而已。在更多的情况下,我只能是听之藐藐,一笑了之。

有记者采访我,问到我对这个称谓的看法时,我说人家这样说,是鼓励你,抬举你,但自己万万不可当真,一当真就可笑了,就不知道自己是谁了。历来是文无第一,武无第二,写小说,哪里有什么王不王之说。踢球可以有球王,拳击可以有拳王,写小说却不能称王。我甚至说:王与亡同音,谁敢称王,离灭亡就不远了。我自己写文章也说到过:所谓"短篇王",不过是一顶高帽子,而且是一顶用废旧报纸糊成的高帽子,雨一淋,纸就褪色了,风一刮,高帽子就会随风而去。我这样说,是自我摘帽的意思。我知道,中国作家中写短篇小说的高手很多,我一口气就能举出十几个,哪里就轮得上把我抬得那么高呢!

我有的短篇小说写得也很一般，没多少精彩可言。读者看了会说，什么"短篇王"，原来不过如此。高帽之下实难符，还是及早把帽子摘下来扔掉好一些。可是，戴帽容易摘帽难，摘有形的帽子容易，摘无形的帽子难，这么多年来，我连揪带拽，一次又一次往下摘，就是摘不掉。相反，时间长了，这顶帽子仿佛成了"名牌"，传得越来越广，出于好心，给我戴这顶帽子的人也越来越多，这可怎么得了！这甚至让我想到，人世间还有别的一些帽子，那些帽子一旦被戴上，恐怕一辈子都摘不掉。有的帽子虽然被政策之手摘掉了，帽子前面还有可能被冠以"摘帽"二字，摘与不摘也差不多。

2004年，孟繁华先生主编了一套"短篇王文丛"，收入了我的短篇小说集《女儿家》。我觉得很好，真的很好。我之所以诚心为这个文丛叫好，不仅是因为文丛中收入了我的短篇集，更主要的是，文丛分为三辑，先后收录了十八位作家的短篇小说集。这样一来，"短篇王"就不再是我一个，而是有好多个，大家都是"短篇王"，又都不是"短篇王"，"短篇王"不再是一个特指，成了一个泛指，等于把这个称号分散了，消解了。我对繁华兄心存感激，感觉他好像让众多作家朋友为我分担了压力，让我放下了包袱，变得轻松起来。我明白他编这套丛书的真正良苦意图，是为了"在当下时尚的文学消费潮流中，能够挽回文学精致的写作和阅读"。但出于私心，我还是希望从此后别人不再拿"短篇王"跟我说事儿。实际上没有出现我想要的结果，我不但没有摘掉帽子，得到解脱，把我说成"短篇王"的说法反而比以前还多，在文学方面，"短篇王"几乎成了刘庆邦的代名词。这不好，很不好！有一次在会上，我以开玩笑的口气说：除了写短篇小说，我还写长篇小说、中篇小说，我的长篇小说和中篇小说写得也不差呀！

我拒绝当"短篇王"，也许有的朋友会认为我是假谦虚，是得便宜卖乖，别人想当"短篇王"还当不上呢，你有了"短篇王"的名头，短篇小说至少会卖得好一些，这没什么不好！有一次，连张洁大姐都正色对我说：庆邦，你不必谦虚，不要不好意思，"短篇王"就是"短篇王"，要当得理直气壮！可是不行啊大姐，在这个问题上，我像是患有某种心理障碍一样，一听到这样的称谓，我从来不感到愉悦，带给我的只能是不安。

忽一日，有位为我编创作年谱的朋友问我，关于"短篇王"的说法是谁最先说出来的？这一问倒是提醒了我，是呀，水有源，树有根，这个事情不能一直含糊着，含糊着容易让人生疑，还有可能让人误以为是一种炒作，作为当事人，我还是把它的来历说清楚好一些。

最早肯定我短篇小说创作的是王安忆。她在给我的一本小说集《心疼初恋》的序言里写道："谈刘庆邦应当从短篇小说谈起，因为我认为这是他创作中最好的一种。我甚至很难想到，还有谁能够像他这样，持续地写这样多的好短篇。"我注意到了，王安忆的评价里有一个定语叫"持续地"，是的，四十多年来，我一直在"持续地"写短篇小说，从没有中断，迄今已发表了三百多篇短篇小说。我还从王安忆的评价里看出了排他的意思，但她没有给我命名。

随后，李敬泽在评论我的短篇小说创作时，说到了与王安忆差不多同样的意思，他说："在汪曾祺之后，短篇小说写得好的，如果让我选，我就选刘庆邦。他的短篇小说显然是越写越好。"我以前从没有这样想过，更不敢这样比较，敬泽的话对我的创作无疑是一个很大的鼓舞。但敬泽胸怀全局，出言谨慎，他也没有为我的短篇小说创作命名，那么，在王安忆和李敬泽评价的基础上，是哪位先生？在什么情况下？把我说成了"中国当代短篇小说之王"呢？我记得清清楚楚，是被称为"京城四大名编"之一的崔道怡老师。2001年秋天，我的短篇小说《鞋》获得了第二届鲁迅文学奖。9月22日，在鲁迅先生诞辰120周年之际，颁奖典礼在鲁迅故乡绍兴举行。当年，我的另一篇短篇小说《小小的船》获得了《中国作家》"精短小说征文"奖。记得同时获奖的还有宗璞、石舒清等作家的短篇小说。从绍兴回到北京的第二天,我就去《中国作家》杂志社参加了颁奖会。崔道怡老师作为征文评奖的一个评委代表,也参加了颁奖会,并对获奖作品一一进行了点评。崔道怡是一位非常认真的文学前辈,我曾多次和他一起参加文学活动,见他只要发言,必定事先写成稿子,把稿子念得有板有眼,抑扬顿挫,颇具感染力。人的记忆有一定的选择性,那天崔道怡老师怎样点评我的小说,我没有记住,有一句话,听得我一惊,一下子就记住了。崔道怡老师的原话是:"被称为中国当代短篇小说之王的刘庆邦"如何如何。什么什么,我什么时候有这个称谓,我怎么没听说过? 这未免太吓人了吧!

不光我自己吃惊,当时在座的中国作家协会书记处书记张锲先生也有些吃惊。后来,张锲先生以"致刘庆邦"的书信形式写了一篇文章,题目是《你建构了一个美的情感世界》,发在2002年2月9日的《文汇报》"笔会"上。文章里说:"编辑家崔道怡同志说你是中国当代短篇小说之王,对他的这种评价,连我这个一直在用亲切的目光注视着你的人,也不由得被吓了一跳。"张锲先生给我的信写得长长的,提到我的短篇小说《梅妞放羊》《响器》《夜色》等,也说了很多对我的短篇小说创作肯定的话,这里就不再引述了。

我愿意承认,在《人民文学》当副主编的崔道怡老师为我发了好几个短篇,他对我是提携的,对我的创作情况是了解的。我必须承认,崔道怡老师对我短篇小说创作的评价,对我构成了一种压力,也构成了一种鞭策般的动力。我想,我得争取把短篇小说写得更多一些,更好一些,以对得起崔道怡老师对我的评价,不辜负他对我的期望。不然的话,我也许会把费力费心费神、又挣不到多少稿费的短篇小说创作放下,去编电视剧,或做别的事情去了。"短篇王"的命名像小鞭子一样在后面鞭策着我,让我与短篇小说相爱相守到如今,从没有放弃短篇小说的创作。就拿今年来说，在抗击新冠肺炎疫情期间，我已经完成了十二篇短篇小说，仅七月份就在《人民文学》《作家》等杂志发表了五篇，其中有两篇分别被《小说选刊》和《小说月报》选载。

"短篇王"的帽子我不愿戴下去，是我担心自己有一天会失去写短篇小说的能力。这个能力是一种综合能力，既需要智力、心力、耐力，也需要体力、精力、爆发力，也许还有别的因素。以前，我对自己写短篇的能力充满自信，相信自己会一直写下去，活到老，写到老。最近读了张新颖先生所著《沈从文的后半生》，我才知道，一个作家写短篇小说的能力可能会失去。沈从文对自己写短篇的能力曾经是那么自信，他不止一次对家人表示，他要向契诃夫学习，在有生之年再写一二十本书，在纪录上超过契诃夫。可是呢，后来他一篇都写不成了。有一篇《老同志》，他改了七稿，前后历时近两年，还向丁玲求助，到底也未能发出。1957 年 8 月，他又写了一个短篇，写时自我感觉不错，"简直下笔如有神"。但他的小说刚到妻子张兆和那里就被否定了，要他暂时不要拿出去。沈从文不得不哀叹，他失去了写短篇的能力。他还在给大哥的信里说："一失去，想找回来，不容易……人难成而易毁……"

当然了，沈从文之所以失去了写短篇的能力，与他当时所处的社会环境有关。环境发生了重大变化，他身心受到巨大冲击，一时无所适从，在失去自我的同时，才失去了写短篇的能力。

我庆幸自己赶上了好时候，在国泰民安的环境里，能够心态平稳地持续写作。我会抱着学习的态度，继续学习写短篇小说。我不怕失败，也不怕别人说我写得多。好比农民种田，矿工挖煤，一个人的勤奋劳动，也许得不到多少回报，但永远不会构成耻辱。

2020 年 9 月 10 日早上 5 点完成于北京怀柔翰高文创园

我当了十五年北京市政协委员

出于热爱和政治上进步的需要，在我很年轻的时候，就要求加入中国共产党。但由于这样那样的原因，我的愿望一直未能实现。1967年初中毕业回乡当农民期间，刚过了18岁，我就向大队党支部写了入党申请书。在那"以阶级斗争为纲"的年代，因我父亲当过国民党冯玉祥部的一名下级军官，我的申请被拒绝。20世纪70年代初，我参加工作到河南新密煤矿，调到矿务局党委宣传部当新闻干事之后，再次向党组织递交了入党申请书。其时十年"文革"尚未结束，极左路线仍占据主导地位，只允许"造反派"入党，像我这样的"保守派"只能被排除在党的大门外。粉碎"四人帮"之后，我被调到煤炭工业部一家杂志社当编辑，第三次申请入党，杂志社的党组织很快把我列为入党积极分子，并定为党员发展对象。我想，这一次我入党的愿望应该能够实现了吧？可是，在1981年，因我违反了当时的计划生育政策，生了第二个孩子，就被取消了党员发展对象的资格，同时还被取消了当年的煤炭工业部机关先进工作者称号。

转眼到了 2001 年，我有幸调到北京作家协会当驻会专业作家。作协分党组的领导知道我还不是党员，希望我申请入党。我当然非常高兴，甚至有些感动，马上写了入党申请书，充分表达了由来已久的入党愿望。这次遇到的是新的情况，赶上了北京市政协换届，政协要求北京作协推荐一位作家，作为政协委员人选，这位人选必须是党外民主人士。作协的领导告诉我，让党外人士当政协委员，是共和国民主协商制度的需要，对政协委员本人来说，也是一种很高的政治荣誉。于是，我听从了北京作协的安排，在 2003 年 1 月，中国人民政治协商会议北京市第十届委员会换届时，我领到了红皮烫金字的委员证，当上了一名政协委员。从第十届开始，到第十一届、第十二届，我连续当了三届共十五年北京市政协委员。

在当政协委员期间，我遵照政协章程的要求，认真履行职责，积极参加政治协商、民主监督和参政议政，几乎每年都向大会提交一份提案。作为一名文化界的政协委员，我提案的内容多与文化工作有关。回忆起来，我曾提交过关于把北京作协单独建制的提案；关于授予刘恒北京市人民艺术家荣誉称号的提案；关于简化北京作家出访政审手续的提案；关于为京漂作家评职称的提案；关于提高专业作家工资待遇的提案；关于恢复老舍文学奖评选的提案；关于建立北京文学院的提案等等。除了文化和文学方面的提案，我还提了一些有关民生、环保和教育方面的提案。不管我提什么提案，政协提案委员会立案后，提案承办单位都会认真对待，派专人跟我沟通，听取我的意见，并把办理情况以书面的形式郑重回复我。

除了在专用的提案格式纸上以文本的方式的提交提案，在会议的分组讨论会上和几个相关界别的联组讨论发言时，都有市领导到场当面听取政协委员的意见和建议。让我难以忘怀的是，2016 年 1 月 24 日下午，在第十二届北京市政协第四次大会期间召开的科、教、文、卫联组会议上，我做了一个发言，着重谈了文化与文学、作家与城市、首都功能与文学的关系，并建议成立北京文学院。那次是时任北京市市委常委、宣传部部长的李伟同志和有关部门的领导参加了我们的联组会议。我上来就说，我的发言主要是说给李伟部长听的。我发言的大概意思是，北京的其中一个功能定位是全国文化中心，而要建成文化中心，首先必须是文学中心。因为文学的原创性、母体性、高端性和深邃性，决定了文学在文化中的核心地位，如果不是全国文学的中心，就谈不上是文化中心。要确立文学中心，必须有作家和作品的支撑。我先举了外国的例子。莫斯科之所以成为当年俄国的文学中心，因为拥有托尔斯泰、契诃夫、普希金、高尔基等作家、诗人及其影响广泛的作品。我又举了我国唐代的例子，说因为有活跃在长安的李白、杜甫、白居易、王维等大诗人，长安才能成为当时的文学中心。目前我国的首都北京也是一样，与全国各地相比，因北京拥有众多重量级作家，发表了在全中国乃至全世界有深远影响的作品，作为文学中心当之无愧。但这还不够，为了发现和培养更多的年轻作家，使北京的作家队伍和文学创作后继有人，要在体制和机制上加上保证，不仅要在软件建设上下功夫，还要在硬件建设上给予足够的重视。为此我建议，北京要建立文学院。全国不少省市都建立了文学院，北京在建设文学院方面应该迎头赶上。

让我没想到的是，在我发完言之后，李伟部长当场就对我的意见和建议作出了回应，他很谦虚地称我为"庆邦老师"，表示很赞成我的看法和建议，当即表态说，为了加强北京市的文化和文学中心地位建设，市里已经决定，北京不但要建文学院，而且要建两个文学院，一个建在北京市文联，一个建在北京出版集团。建在文联的文学院按事业单位建制，建在出版集团的十月文学院按企业管理模式运行。第二天，《北京日报》就以"北京要建两个文学院"的大字新闻标题，在文化新闻版头条把我的发言和李伟部长的回应做了报道。

当年的 10 月 12 日下午，十月文学院在佑圣寺举行了隆重的开院仪式，我受邀参加开院仪式，并代表北京的作家发言，向十月文学院的成立表示衷心祝贺！同年的 12 月 29 日，老舍文学院在北京市文联举行揭牌仪式，我被聘为文学院的副院长。

在没当政协委员之前，我曾听人说过，政协委员只负责举手，鼓掌，只是一个摆设，不能真正发挥作用。在中国共产党建党 100 周年之际，我特意回顾我当政协委员的亲身经历，是想证明，我国有我国的民主，我们的民主是具有中国特色的社会主义民主，是以人民为中心的民主，是为人民服务的民主。而中国人民政治协商会议，就是实现民主的独特政治制度。

2021 年 4 月 13 日于北京和平里

不断汲取生活的源泉

日月星辰永不灭,天下文章无尽时。一个人只要还活着,就有吃不完的饭,睡不完的觉,经不完的风霜雨雪,干不完的活儿。同样,一个从事写作的人,只要脑子还灵活,就有看不完的书,写不完的文章。赶上了难得的、连续几十年和平的好时候,我们所写的东西难免多一些。盖的房子多,使用的建筑材料就多。写的东西多,对素材的需求量就大。在写作的初始阶段,我们使用的往往是自己的经验。可是,我们每个人的生命有限,活动范围有限,经验也有限,不可能取之不尽,用之不竭。写着写着,我们会觉得把自己榨取得差不多了,有时还出现了炒剩饭的情况。作家好比是一只蜜蜂,蜜蜂只有飞到野外,飞到百花丛中,在很多花朵中进进出出,才能酿出蜂蜜和王浆。作家还好比是一棵树,只有把根须深深扎进土地里,一年四季不断从土地里汲取营养,才能保证每年都能开花,结果。我们的办法,只能是向勤劳的蜜蜂和有耐力的果树学习,飞出去,扎下根,不断向生活学习,向劳动人民学习,持续从生活和人民群众中汲取创作源泉,使自己的创作活水淙淙,生生不息。

深入生活,这话说起来容易,真正做到并不那么容易。我个人的体会是,要真正做到深入生活,有一个态度问题,还有一个能力问题。这两个问题都解决好,才能深入下去,并收到实效。如果一个问题解决不好,所谓深入生活,也就是说说而已。

先说态度问题。态度问题是深入生活的首要问题,态度决定一切。正确的态度,是有着深入生活的真诚要求和迫切愿望,是我要深入生活,不是要我深入生活。是心甘情愿的,主动的,而不是磨磨叽叽的被动行为。如果是一只漂在水面的葫芦,靠别人摁,是摁不下去的。就算使劲摁下去了,别人稍一松手,葫芦很快就会飘上来。如果是一只秤砣,就不一样了,把秤砣往水里一扔,秤砣会一直沉下去,沉得见底见泥。正确的态度,还有一定要放下当作家的架子,把自己的姿态放低,再放低。有人说,当今有些作家高高在上,已经贵族化了,很难再和平民打成一片。这样的说法可能有些夸张。但把中国作家说成生活比较优越的一族,恐怕没人反对。深入二字,是自上而下的行为,一般是指到农村去,到矿山去。也就是到基层去,到底层去。下面和城里相比,各方面的生活条件肯定要差一些,等于上来就对作家深入生活的态度构成了一种考验。在考验面前,倘若你怕吃苦,不将就,讲条件,图享受,人家不会买你的账,只能对你敬而远之,你很快就会败下阵来。我们只有怀着对劳动人民的深厚感情,像看见亲人一样,眼里常含泪水,无条件地走到他们中间,将心比心地和他们交心,才会真正赢得他们的信任。

再说能力问题。当今的生活丰富多彩,活活生生,我们只要到生活中去,是不是就可以左右逢源、收获满满呢?我的看法是,不一定。同样都是下去深入生活,有人深入一段时间,就会得到不少素材,回头可以写一些中、短篇小说,甚至可以写一部长篇小说。而有的人虽说也到农村去了,或到工矿企业去了,并没有收到预期的效果。之所以如此,我想不外乎如下三种原因。一是生性比较怯生,缺乏社交能力,不善于和陌生人打交道。一到生人堆里,他有些恐惧似的,该说的不敢说,该看的不敢看,该问的不敢问,一切处在被动状态。这样的人去深入生活,与不深入没什么两样。二是心灵不够好奇,目光不够敏锐,洞察力不够深邃,该看到的没看到,该听到的没听到,该想到的没想到,得到的可能只是表面化的、普通化的东西。三是缺乏有准备的心,和必要的想象力。三种原因相比较,这第三种原因最主要,也最要命。我们下去深入生活,目的是回过头来,静下心来,更好地投入创作。其实,在我们到达基层生活现场的同时,想象的马达就已经开动起来,创作的构思就已经开始,只是还没有完全成熟,还没有形成作品而已。创作当然需要想象,没有想象就没有创作。深入生活的过程,同样需要想象。所谓想象,是一种特殊的自我启发的心理活动,是通过此事物,想到彼事物,并找到事物之间的联系。是通过眼前发生的事情,想到以后尚未发生但有可能发生的事情。或是通过事物的表象,发掘出表象下面的秘密,抵达事物的本质。有了一边"生活",一边通过想象的勤奋求索,我们好像走进了富矿的赋存之地,新的发现和欣喜一个接着一个。我们甚至有些按捺不住,跃跃欲试,急于投入新的创作。到了这样的状态,我们深入生活差不多才算是成功了,随后的创作离水到渠成就不远了。

二十多年来,我先后三次到煤矿定点深入生活,每次下去,都有所得,回到北京都写出了一些小说。重新翻开当年的一本本日记,我想重温一下每次深入生活的经历,倾听时代不断前进的足音。也是进行回顾和总结,用事实证明文学创作对生活的依赖关系。同时,我还有从日记里淘金的想法,看看还有没有什么有趣的、闪光的、有想象前途的故事没有写。倘若看得自己心里一动,两动,说不定还能写出一两篇短篇小说。下面，请允许我把三次深入生活的经历，分成三个小标题——写来。

看骡子拉煤

时间到了21世纪，我偶尔听说，有的小煤矿在井下使用骡子拉煤。一听到这个信息，立即引起了我的兴趣。我在农村当农民时见过骡子，知道骡子是农耕文明的苦力。俗话说，铁打的骡子纸糊的马，是说骡子在体力、皮实度、耐力等方面，要比马匹和牛、驴等牲口，都厉害得多。而挖煤是工业生产，让四条腿的骡子参与工业生产，这事儿我从来没看见过。当时，全国不少国有大型煤矿经过设备升级和技术改造，已经实现了生产和运输的机械化，或半机械化。可有的小煤矿却使用比较原始的生产方式，驱使骡子去井下拉煤，这不能不让人感到新奇。凡是机械化比较多的地方，文学的东西就少了，对摆弄小说的作者构不成吸引。正是相对原始和落后的地方，因为人与自然相互依存，人与人之间的关系也比较紧密，文学的东西才多一些。我很快打定主意，要到有骡子拉煤的小煤矿去看一看。我打听到，在离北京不太远的河北省张家口市下属的蔚县，就有好几个用骡子拉煤的小煤矿，去那里看看应该不是什么难事。去小煤矿走访，我还是有方便条件的。我是北京作家协会的专业作家，时间完全可以由自己自由支配，想去哪里连请假都不用。我同时兼任中国煤矿作家协会的主席，有这个名头，天南海北的每座煤矿都是我走动和工作的范围。还有，我在《中国煤炭报》当编辑将近二十年，认识报社所有驻在各地记者站的记者，我想去哪里的煤矿，只需给当地的记者打一声招呼，他们就会给我安排。我去蔚县的小煤矿，就是省站的李站长打电话托朋友给我安排的。李站长对我说，他本来应该陪同我去小煤矿，因前段时间有记者报道了某个煤矿隐瞒多人死亡事故的情况，给全县的工作造成很大被动。一时间，县里各部门一听到记者二字就如临大敌，拒绝任何记者前去采访。李站长对他的朋友反复解释，说我不是记者，只是一个写小说的作者，不写任何真人真事，写的东西无关痛痒，不会对该县的形象造成任何负面影响。他的朋友这才勉强同意我到蔚县去。我心说好嘛，深入生活还没到位，意想不到的故事就开始来了。

2004年9月8日下午1点，我从北京西客站登上一列绿皮慢车，奔张家口而去。火车一路上坡，不到二百公里的路程，却跑了四个多钟头，傍晚时分才到张家口。出了火车站，我来到附近的汽车站，想看看第二天早上几点有开往蔚县的汽车。这时有一位中年妇女过来跟我搭讪，问我要去哪里。我说去蔚县。妇女说，她可以帮我联系客车，明天早上六点就有开往蔚县的面包车。条件是当晚要住在她家的旅店。我问住一夜多少钱，她说十块钱，是全市最便宜的旅店。旅差费都是自掏腰包，住店不嫌便宜，我说那好吧。旅店开在妇女家的院子里，房间里放有三张硬板床，还有一台电视机。旅店里没有饭店，我到外面的小饭馆，花两块钱吃了一碗刀削面。天黑了下来，我回旅店躺倒睡觉。被子和枕巾都不干净，散发着难闻的气味。我对自己说，好店只一宿，睡吧。我以为房间里只住我一个人，不料半夜里扑扑腾腾一阵响，又住进了两个男人。他们一进屋就开灯，就抽烟，就大声说话，并打开了电视机。他们把电视机的声音开得很大，波及得连床板似乎都有些震颤。睡觉是睡不成了，我怎么办？我安慰自己，生活无处不在，这就是生活。对有的生活，我们只能忍受，却无法干预。到了后半夜，我听见两个男人像是睡着了，其中一个男人还打起了响亮的呼噜。我悄悄起身，打开窗户，把满屋的烟气放出去一些，并顺手关掉了电视。我一关掉电视，那个打呼噜的男人就醒了过来，他说：你怎么把电视关了！他光着身子起床，重新把电视打开，电视机又轰鸣起来。

尽管我睡觉的能力很强，几乎还是一夜无眠。第二天早上五点多，天还黑着，老板娘就喊我起床，说去蔚县的客车已经来了。我谢过老板娘，拉上行李箱，逃离似的上了停在旅店门口的面包车。我上车一看，车上除了司机，只有我一个乘车人。我知道，司机只拉我一个旅客，不会去蔚县，因为我将付的车费连油钱都不够。果然，司机拉上我后，开始在大街小巷的旅店门前转悠，踅摸去蔚县的乘客。他转了半个多钟头，又转了好几个地方，东边的太阳露出了红脸，还是连一个乘客都没拉到。这对我的耐心是一个考验。我不着急，反正什么生活都是生活，我准备了足够的耐心。按沈从文的说法，是耐烦。最后，司机把我拉到停在路边的另一个面包车旁，让我下车去上那辆车，说那辆车马上就往蔚县开。在司机的摆布下，我登上那辆车一看，车上已坐了不少人，并堆着不少猪腰粗的铺盖卷儿。那些人在互相让烟，不用说是外出打工的农民工。我看到车的最后一排还有一个空位，就坐到了那个空位上。又上来一个包工头模样的人，手里提着一兜子袋装的豆浆和热包子，分发给民工们。在烟雾腾腾的车厢里，民工们吃着包子，喝着豆浆，车才向蔚县驶去。

在蔚县迎候我的李站长的朋友，是县里煤矿安全生产监督管理局的一位副科长。和副科长见面后，我让他直接把我送到有骡子拉煤的煤矿去吧。副科长知道我的身份，叫我刘主席，说哪能呢，刘主席一路车马劳顿，还是先到酒店休息一下，跟矿长见个面再说。他驾车把我拉到县里一家最好的蔚州大酒店去了，为我安排了一个住一天380元的单人间。昨晚住的床位是10元，今天住的房间是昨晚住宿价钱的38倍，差别够大的。我不必拒绝副科长的安排，干我们这一行的，早就习惯了冰也耐得，火也受得；地也入得，天也上得，到哪里都可随遇而安。

中午,马矿长带着两个部下到酒店请我喝酒。举杯期间,马矿长说他知道我,看过我写的报告文学,称我是中国煤矿工人的代言人。我口说不敢当,心里还是有些得意,为马矿长这句话,我和他连喝了三杯。喝过酒,吃罢饭,他们又带我去泡了温泉,做了足底按摩,过上了类似以前批判过的资产阶级的生活。第二天吃过早饭,马矿长就派他的专车司机,开车把我接到矿上去了。县城离煤矿三十多里,要走过不少古老的村庄,成片的果园,还要穿过一条干涸的河道,土路坑坑洼洼,给我留下了难忘的印象。我在想象,去矿上打工的矿工,还有拉煤的骡子,不知他们是怎样走到矿上去的。

这座煤矿是一个乡办集体煤矿,煤矿的名字叫咸周。名字颇有些古意,只是有些费解。矿上没有办公楼,只有一溜十几间平房,看去有临时建筑性质。平房前面是敞开的水泥平台,平台前沿树立着一根高高的旗杆,五星红旗在旗杆上迎风飘扬。矿上设有保卫科,科长姓杨,全科只有他一个人,自称光杆科长。矿长安排杨科长与我对接,杨科长安排我住在保卫科的值班室兼宿舍里。一在矿上住下,我就背上我的黄军挎,挎包里装上笔记本、圆珠笔和手机,在矿里矿外到处走。矿上办有食堂,炊事员是一位上岁数的老头儿,干部们都在食堂吃饭。到了开饭时间,我端起饭碗,跟干部们一块儿吃饭。饭菜很简单,但吃饱不成问题。填饱了肚子,我接着到处转。我连一个座谈会都不开,也不采访矿上的任何一位管理人员,就那么天天一个人转来转去。也许在矿上忙于工作和生计的人看来,我是一个外来的陌生人,也是一个白吃白喝、游手好闲的人。他们哪里知道,我的两只眼睛在看,两只耳朵在听,脑筋在不停地转动,一人一事、一砖一石、一枝一叶等,都是有用的材料,都有可能和我的小说挂起钩来。我去井口看成群结队的骡子沿着巷道的斜坡下井,上井。下井时,骡子总是不大情愿，赶骡子的矿工需用钢丝小鞭子抽它们的屁股，它们才勉强往下走。上井时，每头骡子都是水一身，汗一身，又饥又渴，看见一只空烟盒，或一个塑料袋，它们也伸出舌头往嘴里裹。我去喂养骡子的小屋里看骡子吃草，去院子里看骡子眯着眼睛晒太阳。我走进矿工住的工棚里跟矿工聊天，看几个矿嫂在一起打麻将。我去附近的市场看骡子的交易，去兽医站看兽医给生病的骡子做手术，去钉骡掌的地方看师傅为骡子的蹄子更换蹄铁，还去一家专卖骡子肉的肉坊看宰杀骡子的过程。我看到的，听到的，和想到的，并不是当时就掏出笔记本来往本子上记，那样容易引起别人的警惕，也显得不够专业。我的办法是回到宿舍里再往笔记本上记。

只在咸周矿待了五六天时间，我就了解到不少情况，在笔记本上记下了丰富的内容。这个矿曾经发生过一起井下着火事故。是变电器着火引起电缆着火，又引起煤壁着火，很快使整个井下充满了毒气，没有了氧气。一时间，井下人挤人，骡挤骡，车挤车，一片混乱。那次事故，矿工窒息致死十几个，骡子也被活活闷死了四十多头，当班在井下拉车的骡子无一生还。因为人还可以顺着斜井往上跑逃生，骡子大都拉着装满煤块的重车，往井口根本跑不动。灭火之后，矿上千方百计把死骡子弄上井，就近挖一个深坑，统统埋到了一起。矿工死亡后，有的失去丈夫的矿工的妻子并没有离开这个煤矿，她们去市场买来新的骡子，雇一个买不起骡子的打工者下井赶车，继续在矿上讨生活。骡子是井下重要的生产力，养一头骡子参与运输劳动，每月可以分到一半工资。比如说，一个车倌儿驱赶骡子用铁壳子胶轮车拉煤，每月能挣三千元钱的话，骡子加上车的份额，就可以分得一千五百元钱。既然靠骡子的劳动养家糊口，工亡矿工的妻子对骡子都很爱护，几乎像爱护她们的丈夫一样。

根据在这个小煤矿定点生活所得到的素材，回到北京后，我接连写出了《鸽子》《车倌儿》《有了枪》《沙家肉房》《红蓼》等短篇小说，还写了一篇中篇小说《卧底》，分别发在《人民文学》《当代》《作家》《中国作家》《十月》等文学杂志上。举个例子吧。一天中午，乡里派出所的所长开着警车到矿上检查治安情况。马矿长留所长在矿上用餐，马上派人去肉坊买骡子肉。所长说，骡子肉的肉纤维太粗，不好吃。马矿长安排买两只鸡。所长说，现在的鸡都是饲料催肥的肉鸡，也没什么吃头。那拿什么招待所长呢？这时，有两只鸽子翩然落在门前的平台上，在那里嬉戏。所长说，鸽子肉挺好吃的。矿长知道，鸽子是一个在灯房管理矿灯的矿工喂养的，让炊事员去买两只回来。炊事员空手而归，那个矿工贵贱不卖他的鸽子。矿长派保卫科的杨科长去买，说要是不卖，就砸了他的鸽子窝。矿工还是不卖，说你现在就砸吧。矿长又派一位副矿长去买，给价很高，并威胁说，再不卖鸽子，马上开除他。矿工说，你开除我，我现在就走。要杀我的鸽子，除非先杀了我！我之前跟那个养了一群鸽子的矿工交谈过，对那个矿工的评价是，心在煤矿，志在蓝天。这次又目睹了买鸽子的全过程，对那个矿工维护生命尊严的骨气顿起敬意，心说哎呀，这不是现成的小说嘛！我只是虚构了一个结尾，就写成了一篇短篇小说。发表后，获得了"茅台杯"人民文学奖。发在《十月》上的中篇小说《卧底》，不仅获得了当年的《十月》文学奖，经《北京文学·中篇小说月报》选载后，还获得了当年唯一一篇"最受读者欢迎"的中篇小说奖。

去小煤矿下井

到用骡子拉煤的小煤矿定点深入生活，让我收获颇丰，尝到了甜头。过了几年，我觉得上次深入生活得来的存粮吃得差不多了，打算再次到小煤矿去挖素材。在蔚县的咸周煤矿期间，我一直想到井下看看。据说骡子有夜视能力，人下井，头上须戴矿灯照明，而骡子头上不用带矿灯，在黑暗中可以行动自如。我想看看骡子在井下的劳动状态。可矿上保卫科的杨科长以保证我的人身安全为由，坚决拒绝我下井，给我留下了遗憾。煤矿真正的生产现场是在井下，不到井下看看，深入生活就不算到位。再到别的小煤矿，我一定要下井。

我这次选择的小煤矿，是河南郑州煤业集团公司井田范围内一座小矿，叫三五煤矿。小矿所开采的是浅层的"鸡窝煤"，并不与国有大矿争资源。国家号召整合煤炭资源，三五煤矿被整合到了郑煤集团旗下。三五煤矿还是由个体煤老板自主经营，只是他们出产的煤炭产量要计算在集团公司的账户内。这种整合，说是为了扩大规模效应，其实跟弄虚作假差不多，我不知道有什么好处。我对郑煤集团比较熟悉，它的前身是新密矿务局，在1978年春天，我就是从这里调到了北京的煤炭工业部。虽说我已在北京工作了几十年，那里仍有不少朋友和老乡。比如时任集团公司的董事长，业余时间喜欢写诗，就是我的朋友，我介绍他加入了中国作家协会。我不能找他，请他安排我去小煤矿。要是找他的话，他安排的一系列照顾和优待，会把我包围起来，使我很难真正深入下去。我打电话联系的是我的一个小老乡，他在矿工报当总编。我让他给我找一个可供我深入生活的小煤矿，并告诉他，我此时去的小煤矿，他一个人知道就行了。老乡跟我开玩笑，说明白，我们像是在做"地下工作"，须保持单线联系。

2010年5月22日，我坐了一夜火车，第二天一早就到了郑州。老乡接上我，在车站附近的饭店用早餐。不知为何，我的牙突然疼起来，见凉疼，遇热疼；碰硬的东西疼，吃软的东西也疼，一疼一头汗，一疼两眼泪，真要命！怎么办？不去小煤矿了，打道回京？那不可能！生命的过程总是会生点儿这病那病，我没那么娇气，自信意志力还算可以，不至于因临时性的牙疼，就放弃计划中的小煤矿之行。老乡看出了我的牙疼，建议让我去医院看看。我说没事儿，咱们出发吧。驱车两个多小时，我们绕过国有大型煤矿，来到了藏在山沟里的私营小煤矿。小煤矿条件简陋，没有招待所，他们只好让我住进工人宿舍，和两个年轻的矿工住在一起。季节到了夏天，苍蝇们已经很活跃。我一踏进宿舍，一群苍蝇嗡地飞起来，像是在对我表示热烈欢迎。老乡说：刘老师，这不行，这里的卫生条件太差了，怎么能让您住在这样的地方呢！我说没问题，工人能住，我为啥就不能住呢！我也当过工人，当年我们还四个人住一间宿舍呢。我还有一个意思没说出来，这次到小煤矿，我设想的就是一竿子扎到底，跟工人同吃同住，住在工人宿舍里，正符合我的愿望。

一间宿舍里放三张木板床，那两个青年矿工"先入为主"，睡在靠里面的两张床上，我只能睡在靠门口的那张床上。床上没有枕头，我把自己带的书和衣服放在床头当枕头。矿上发给我一百元饭票和两只搪瓷碗，说话到了吃午饭的时间，我拿上饭碗，到矿上的食堂排队打饭。以前在煤矿和煤炭部机关，我都是在食堂里排队买饭吃。自从2001年调到北京作家协会当专业作家之后，作家变成了"坐家"，就再也没有跟工人们一起坐在食堂的餐厅里吃过饭。餐厅不大，只有几张桌子，吃饭的工人在餐厅里坐得东一个，西一个。餐厅的墙上挂有电视机，电视机里的人在用嘴说话，餐厅里的工人在用嘴吃饭，两者互不影响。我排了一会儿队，花四块钱买了一份小饺儿，找到一个空座位，坐在那里慢慢吃。我一个人都不认识，别的人也不认识我。这使我回想起四十年前刚参加工作时的情景，生出一种久违的感觉。

我没忘记自己是干什么的，一边吃饭，一边打量周围吃饭的工人。这一打量不要紧，邻桌有一个矿工，立即引起了我的好奇和注意。他的头是黑的，脸是黑的，耳朵、眉毛、鼻子等，都是黑的，只有眼白和牙齿是白的。矿工从井下的煤窝里走出来，一般都是先到澡堂里洗个澡，然后再到食堂里吃饭。他没有洗澡，去灯房的窗口交了矿灯，只在食堂的洗碗池那里简单洗了洗手，就去食堂的卖饭窗口买饭去了。他买了两个白馒头，一碗杂烩菜，外带一瓶酒，就坐在桌前吃起来，喝起来。他赤裸着上身，胳膊和脊梁上都沾着一层煤尘。煤尘附着在他胸前的汗毛上，使汗毛变得有些粗壮。汗水从沾满煤尘的脊梁上流下来，像是一道道小溪。他一定是饿极了，吃饭吃得可真香。那么大的白面馒头，他一口就几乎咬掉了馒头的三分之一。在咬馒头时，他嘴唇上的煤粉沾在了馒头上，给白馒头留下了一道黑印儿。他并不认为黑印儿是什么脏东西，第二口就把带黑印儿的馒头吃掉了。他一定是渴坏了，喝啤酒喝得格外痛快，用牙啃开啤酒上的铁盖子，一口气就喝下了半瓶。像他这样不洗澡就直接跨进食堂吃饭，在国营大矿的食堂是不允许的，只有在管理不甚严格的私营小煤矿，我才有机会看到这样不拘一格的生动人物形象。之所以选择到小煤矿看生活，不就是希望看到这样的形象嘛，这样的形象，不就是我的文学对象嘛！可惜我去食堂吃饭时没带照相机，要是带着照相机的话，在征得矿工的同意后，我愿意把他的形象拍下来。拍照的想法启动了我的文学想象，我继续想，要是一位油画家，看到这位带着煤黑吃饭的矿工，提出为这位矿工画一幅画，矿工会是什么态度呢？是同意为他作画？还是不同意为他作画呢？尚未发生、但有可能发生的事情，正是我们这些小说创作者的用武之地。推己及人，我想矿工不一定会同意画家为他画像，因为出于自尊，他不愿意带着一脸煤黑出现在画面上。我接着想象下去，倘若画家愿意出钱，请矿工给他当模特，矿工愿意不愿意呢？我这样的想象，无疑是小说的想象，等于我的创作构思已经开始了。我想象的结果是，矿工不为金钱所动，不管画家出多少钱，矿工都拒绝为画家当模特,画家出钱越多,矿工拒绝得越坚决。我为自己的想象所感动,觉得下矿第一天就采到了"矿",一篇短篇小说已经呼之欲出。果然,一回到北京,我很快就把这篇小说写了出来,小说的题目叫《皂之白》,发在《北京文学》2011年第8期的头题位置,并获得了当年《北京文学》优秀短篇小说奖。同是当过矿工的评委会主任陈建功,对这篇小说很是赞赏,他说小说写出了煤矿工人的清洁精神和生命的尊严。

在我的一再要求下,三四天之后,矿上终于同意让我下井看看。矿上为了保证我的安全,派两个人陪我下井,一个是技术员,另一个是安全检查员。这天早上八点多,我们乘竖井的罐笼一来到几百米深的井下,我就看到了井筒的哗哗淋水,闻到了井下朽木和蘑菇的气味,听到了抽风机的轰鸣,踩到了黑色的泥泞,等等等等。我想起了自己下井当矿工的青春岁月,想起了生死与共的工友,一种久违的亲切感油然而生,甚至有一些感动。这让我体会到,我下井不是寻找变化,而是重温不变,寻找记忆。找到了记忆的记号,一些记忆才会被重新唤醒。

在井下变电所休息时听技术员和安检员交谈,说者无心,听者有意,我又得到了一个小说素材。他们谈到,最近有一个采煤工失踪了,采煤工的老婆认为她丈夫是死在了井下,天天到矿上哭闹,要求矿方赔钱。矿方不承认井下死了人,因为最近井下没有透水,没有着火,没有发生大面积冒顶,怎么会死人呢。矿方怀疑,这出闹剧的背后可能是矿工夫妇玩的一个阴谋,矿工藏匿起来,由老婆出面向矿方讹钱。双方相持不下,十多天过去了,事情仍未见分晓。我觉得矿方的怀疑有一定道理。可是,一个大活人,隐藏起来也不容易,肯定不能藏在自己家里,他会藏到哪里去呢?藏起来不易,走出来更不易。藏来藏去,他有可能自我迷失,再也回不去了。根据这个想法,我回头写了一个短篇小说《失踪》，发在2011年第5期《十月》文学杂志。

那次到小煤矿深入生活之后，我一共写了五篇短篇小说。其中有一个短篇《两个矿工和一个女孩子》，是十多年之后才写出来的。这表明，素材是放不坏的，它像煤炭一样，不管在地底放千年万年，一旦取出来并点燃，仍然可以释放热量，温暖人间。

不写她们誓不休

我在煤炭系统工作三十余年，对煤矿工人的生活了解得多一些。早些年，全国煤矿的机械化和现代化程度不高，安全生产状况不是很好，每年都有不少年轻的矿工在事故中丧生。我作为《中国煤炭报》的编辑、记者，多次到事故现场参与采访报道。每次报道矿难，都使我的情感受到冲击，心灵受到震撼，留下了痛苦而难忘的记忆。1996年5月21日，河南平顶山十矿井下发生了一起重大瓦斯爆炸事故，84名矿工失去了宝贵的生命。一听到消息，我连夜坐车，第二天就赶到了矿上。这次我不仅写了新闻报道，还发挥了文学写作优势，写了一篇将近两万字的纪实文学作品。我运用细节化的写作手法，强忍满眼泪水，比较详尽地记述了事故给五家工亡矿工家属造成的痛苦。我一改过去报事故只算经济账的惯常做法，尝试着算一下生命账，也就是说不算物质账了，算一下精神和灵魂方面的账。我要让全社会的人都知道，矿工工亡所造成的痛苦是连带性的，而不是孤立的；是深刻的，而不是肤浅的；是长久的，而不是短暂的。通过作品，我呼吁煤矿的管理者尊重矿工的生命价值，真正对矿工的生命安全负起责任。

以《生命悲悯》为题的作品发表后，在全国煤矿所引起的强烈反响，让我有些始料不及。煤炭工业部一位主管安全生产的副部长，给我写了一封公开信，信上说："作者从生命价值的角度，以对煤矿工人的深厚感情，用撼人心灵的事实，说明搞好煤矿安全生产的极端重要性和特别的紧迫性。"副部长建议："煤炭管理部门的负责同志，特别是从事安全生产管理的同志读一下这篇报告文学，从中得到启示，增强搞好安全生产的自觉性和政治责任感。"一时间，对这篇作品，全国各地煤矿的矿工报在转载，广播站在广播，班前会上在朗读，文艺队改编成节目在演出，纷纷把作品当成了安全生产教育的教材。我还听说，有的矿工的妻子把作品拿回家读给丈夫听，读着读着读不下去，夫妻抱头痛哭。这一系列积极的反馈，提高和加深了我对文学创作意义的认识，我认识到，用文艺作品为矿工服务，不只是一个宣传口号，也不是一句虚妄的话，而是一种俯下身子的实实在在的行动，是文艺工作者的价值取向，良心之功，可以收到很好的效果。有了这样的认识，我萌生了一个新的想法，能不能写一部长篇小说，更全面、深入、艺术地、有分量地表现工亡矿工家属的生存状态呢。想法一旦生出，我就把它固定下来，变成了我的一个心愿。可长篇小说是一个大工程，它不像写一篇纪实文学作品那么快，那么容易。仅仅靠在纪实作品的基础上发挥想象是不够的，还必须到发生过矿难的煤矿生活一段时间，收集大量的素材，才能投入创作。

我还没找好去哪个煤矿定点深入生活，听说又有几个煤矿接连发生事故。2004年10月20日，河南大平矿发生瓦斯爆炸，148名矿工遇难。2004年11月28日，陕西陈家山矿发生瓦斯爆炸，死亡166人。2005年2月14日，辽宁阜新孙家湾矿发生的瓦斯爆炸更加惨重，遇难人数达到了214人。天哪，在前后不到四个月的时间里，就有五百多条宝贵的生命突然丧失。这意味着又有多少妻子失去了丈夫，多少父母失去了儿子，多少子女失去了爸爸。将心比心，让人何其惊心，多么痛心！一种强烈的使命感鞭策着我，催我赶快行动起来，去关注那些"天"塌下来之后的特殊生态群体。我选择了到阜新孙家湾矿深入生活。我做了充分准备，打算在矿上多住些日子，至少住十天吧。到了阜新我才知道，深入生活并不那么容易，不是自己想深入就能深入下去。我只到了矿务局，还没到矿上，局里管宣传的朋友知道了我的意图，就把我拦下了。他们对我很客气，一口一个老师叫着，好吃好喝地招待我，拉我去看这风景，那古迹，就是不同意我到矿上去，不给我与工亡矿工家属任何接近的机会。我在矿务局漂浮了两三天，急得抓耳挠腮，一点儿办法都没有，最后只得怏怏而回。去阜新深入生活以彻底失败而告终，使我对自己的心愿能否实现有些怀疑，也有些悲观，觉得自己的心愿恐怕难以实现了。任何心愿的实现都需要条件，都不是无条件。我的条件就是对生活的依赖，就是需要大量活生生的材料，没有材料作基础，那是无法想象的。

我还是有些不甘心，受心魂的逼使，没有放弃自己的心愿。我暗暗对自己说：你要是不写这部书，就对不起那些死难的矿工兄弟，对不起那些工亡矿工家属，也对不起自己的使命、责任和良心。转眼多少年过去了，到了 2013 年，我申报了中国作家协会的定点深入生活项目，决定到河南郑煤集团的大平煤矿深入生活。郑煤集团的前身是新密矿务局，以前我在矿务局宣传部工作过，有不少朋友和熟人，相信他们一定会支持我的行动。当年中秋节前夕，我正准备前往大平煤矿时，收到了墨西哥孔子学院的邀请，他们为我翻译出版了一本西班牙语的中短篇小说集《神木》，邀我去墨西哥和读者进行交流。以前我没去过北美洲的墨西哥，很想到墨西哥走一走。可是，因为时间上的冲突，如果我答应去墨西哥，定点深入生活的计划就有可能落空。想来想去，我还是谢绝了墨西哥方面的邀请，坚持向近处走，不向远处走；向熟悉的地方走，不向陌生的地方走；向深处走，不在表面走；在一个地方走，不到处乱走。去矿上的前一天，我在日记本上给自己约法"四多四少一定"，即：多采访，多听，多记，多思索；少喝酒，少应酬，少讲话，少打手机；定下心来，真正深入下去。我在郑州的煤炭界、新闻界和文学界，都有不少朋友。中秋节放假期间，有好几个朋友给我打电话，要请我喝酒，或到矿上看我。我一一回绝了他们的好意。就在中秋节的那天中午，我买了月饼和水果，独自一人登门去看望一位遇难矿工的妻子和她的儿女们。我还让她的女儿领着我，特地到山坡上她丈夫的坟前伫立默哀。我看到坟后长起了一棵桐树，桐树已长得有两丈多高。我在大平矿定点生活结束时，矿上举行了一个仪式，矿党委书记张海洋和矿长卢志愿郑重地为我颁发了一本证书，授予我大平煤矿"荣誉矿工"称号。

回到北京后，我把深入生活得到的材料，加上以前多次采访矿难积累的素材，加以整理，糅合，消化，一一打上自己心灵的烙印。开始写作前，我对自己的要求是，要悲而不怨，哀而不伤，始终贯穿大爱情怀。把这部书写成心灵画卷，人生壮歌，生命赞礼。争取让读者读后，既可以得到心灵的慰藉，又可以从中汲取不屈的精神力量。从2014年6月29日动笔，日复一日地写到年底的12月25日，意犹未尽地为这部将近三十万字的长篇小说结了尾。小说的名字叫《黑白男女》。小说在2015年第4期《中国作家》首发，随后由上海文艺出版社出版。小说出版后，被评为"2015中国好书"，并先后获得了第九届《中国作家》鄂尔多斯文学大奖、首届吴承恩长篇小说奖和第六届全国煤矿文学乌金奖最高荣誉奖，取得了良好的社会效益。

2023年3月16日至4月11日（其中清明节回老家一周），
于怀柔翰高文创园和光熙家园

祖父、母亲和我

我祖父是一个热衷于听故事的人，每到镇上逢集，他就到镇上背街的**地摊演艺场**听艺人讲故事。讲故事的形式多种多样，有的敲着小扁鼓唱打鼓金腔，有的打着简板唱坠子书，有的抱着长长的道情筒子唱道情，也有的拍着惊堂木说评词，等等。不管艺人用什么样的形式讲故事，祖父都爱听，他就那么盘腿往地上一坐，听得全神贯注，常常是从开场听到散场。

镇上不逢集的时候祖父怎么听故事呢？他的办法是怀揣一本唱书，请村里一个识字的老先生念给他听。老先生戴着花镜，念得咿咿呀呀，祖父双目微闭，听得如痴如醉。祖父负有看管我的责任，他不许我乱说乱动，把我紧紧搂在怀里，只让我玩他长长的白胡子。胡子什么玩具都不是，没什么好玩的，我把祖父的胡子捋了一会儿就睡着了。等我睡了一觉醒来，睡了两觉醒来，老先生还在念，祖父还在听，真没办法！祖父不会想到，他这么做给他孙子养成了一个毛病，我上学后，老师在课堂上一开讲，我就条件反射似的打瞌睡。

祖父请老先生给他念的书，不是他自己的，是他跟别人借来的。三乡五里，祖父打听到谁手里有唱书，就登门到人家那里去借。说来祖父在借书的事情上做得有些过分，他把书借来了，也请人给他念过了，却迟迟不愿还给人家，推推拖拖就把书留下了。我家有一个三斗桌，三个抽斗下面有一个挺大的抽斗肚子，祖父就把他借来的书藏在抽斗肚子里。天长日久，祖父收藏的书竟有十几本之多。

更让人难忘的是，祖父临终时，我母亲问他有什么要求。祖父用最后的力气，提出的唯一要求是，把他的书都放进他的棺材里去，他要用书枕头。母亲理解祖父的心情，知道祖父在阳间听书不够，到了阴间还要听书，她遵照祖父的临终嘱咐，让祖父把书都带到另一个世界去了。

心理学研究表明，一个人热爱什么，意味着他有那方面的潜质，或者说天赋。我祖父作为一个农民，他不喜欢种庄稼，却如此痴迷于听书，应该说他天生就有听书的内驱力。如果祖父识字的话，他的天赋有可能发挥出来，不但能听书，说不定还能写书。然而真是可惜，我祖父一天学都没上过，一个字都不识。祖父出生在清朝末年，那个时期战乱频仍，社会动荡，哀鸿遍野，民不聊生，是一段非常混乱、非常糟糕的历史时期。听老辈儿的人讲，那些年差不多年年遭灾，不是淹了，就是旱了，再就是蝗虫来了。淹起来大水漫灌，一片汪洋，人都成了鱼鳖虾蟹。旱起来遍地冒火，寸草不生，人想吃根草都找不到。蝗虫飞起来，像起了满天乌云，把太阳都遮住了。人们刚一仰脸，就被天上飞过的蝗虫拉了一脸屎。更可怕的是，我们那里的土匪非常猖獗，人们经常受到土匪的骚扰和侵害。我家的房子是被土匪烧掉的。我的曾祖父被土匪绑了票，受尽折磨，赎回不久就死了。更为惨重的是，有一次我们村的人帮邻村打土匪，竟被土匪打死了五个青壮男人。我祖父的大哥就是那次被土匪打死的。想想看，在那样的时代，人们能逃个活命就算不错,哪里还能上学识字呢!

再说我母亲。母亲出生在民国初年,她也是连一天学都没上过。家里人只是不忘记给她裹脚,把小小年纪的她裹得鬼哭狼嚎,双手扶着石头碓窑子才能站起来。我外祖父在开封城里当厨师,稍稍开明一些,他见小女儿哭得实在可怜,就放弃了让小女儿继续裹脚。虽说母亲不识字,但是我敢说,我们的母亲是有文学天赋的。母亲很善于讲故事,一讲就讲得有因有果,有头有尾,头头是道。特别之处在于,母亲所讲的故事里总是有文学的因素,文学的细节,我把它称为小说的种子。以母亲所讲的故事为种子,我写了不少短篇小说,至少有十几篇吧。相比之下,我岳母就不爱讲故事,也不善于讲故事。她偶尔给我讲一个故事,因不能激发我的文学想象,我听了就忘了,一点儿都记不住。母亲生前,我曾跟母亲说笑话,说娘,您要是识字的话,说不定您也能写小说,也能当作家呢。母亲说:这一辈子我是不讲了,下一辈子我一定要上学。母亲也跟我说笑话:我要是会写小说,说不定比你写得还好呢!

现在该说到我自己了。我是1951年12月出生,今年68岁。今年是中华人民共和国成立70周年,我是在新中国的五星红旗下长大的。我比祖父和母亲幸运,一到上学年龄我就走进了学堂。学堂1958年开办,就办在我们村。村里和我差不多大小的几十个男孩子、女孩子都有了学上,沉寂的村庄一下子有了朗朗的读书声。我很喜欢上学,学习成绩也不错,很快就加入了少年先锋队,并成了少先队的中队长。在我上小学三年级的时候,我父亲去世了,家里遇到了一些困难。这时我姑姑劝我母亲,别让我再上学了,主张让我扛起粪筐拾粪,为家里挣工分。在这个问题上,母亲没有听姑姑的劝说,没有让我弃学。母亲态度坚决,且富有远见,她说,孩子不上学,脑子就不开化,将来就不会有出息。她还说,学校建到了家门口,国家鼓励孩子上学读书,孩子上学正上得好好的,她怎么能忍心把孩子从学校里拉出来呢!母亲还说到她自己,说她小时候也想上学,也想念书写字,可那时候兵荒马乱的,人成天价东躲西藏,能挣个活命都不错,哪里会有机会上学呢!孩子赶上了好时候,总算得到了上学的机会,哪能错过呢!

亏得有母亲的坚持,我才拿到了一个初级中学毕业的文凭。此后,以初中所学到的文化知识为基础,我不断自学,不断开掘自己,丰富自己,才一步一步赶到了今天。1970年,一家大型煤矿到我们公社招工,我有幸参加了工作,当上了一名煤矿工人。刚到煤矿时,我并没有下井采煤,而是在煤矿下属的一个水泥支架厂里采石头。我们在一个很深的石头坑里把石头采出来,然后用破碎机把大石头粉碎,粉成一些细小的颗粒,掺上钢筋和水泥预制成支架,运到矿井下代替坑木作支护用品。我在支架厂干了两年多,因给矿务局广播站写了几篇稿子,就被调到了矿务局宣传部,先是编矿工报,后是当新闻干事,从事对外新闻报道工作。到宣传部工作后,我主动要求到井下去采煤。有的机关干部视下井为畏途,想方设法回避下井。我正相反,坚决要求下井。我意识到,作为一个煤矿宣传部门的工作人员,没有在井下劳动的深切体验怎么行呢!我先后去了王沟矿、王庄矿、芦沟矿等,和矿工弟兄们同吃、同住、同劳动,在井下干了八九个月时间。下井期间,我当过掘进工、采煤工,还当过运输工,对井下所有的工种了如指掌。在当采煤工过程中,我还经历过矿压所造成的冒顶、片帮等危险,与矿工同甘共苦,患难中结下了深厚的情谊。我给《河南日报》写了不少稿子,有时连大年三十都在下井,大年初一都在写稿子,送稿子。有的稿子还上了《人民日报》。

1978年春天,我的命运再次发生转折,竟从基层煤矿调到了北京,调到了中华人民共和国煤炭工业部,在一个刊名叫《他们特别能战斗》

的杂志社当编辑和记者。这次越级直线调动，我自己做梦都没有想到，同事们也感到惊讶。我一没有大学文凭，二不认识杂志社的任何人，三我还不是正式干部，只是一个以工代干，怎么可能一下子调到煤炭部工作呢！只是因为我给杂志社写过一些稿子，杂志社的老师们认为我写得还可以，以借调的方式，对我进行了面对面的认真考察，认为我适合做编辑工作，就毅然决定调我进京。不仅我自己调到了北京，我妻子和女儿的户口同时迁到了北京。刚到北京，单位就在新建的职工家属宿舍楼上分给我们家一间新房。我没有辜负领导和老师们的期望，工作干得十分卖力。我几乎跑遍了全国各地的重点煤矿，写了大量的稿子，得了不少新闻作品奖。更重要的是，通过在煤炭部工作，我大大提高了站位，开阔了眼界，增长了见识，锻炼了才干，并积累了大量文学创作素材。杂志改为《中国煤炭报》之后，我被提拔为报社的副刊部主任，在这个岗位上一干就是十年。

还在煤矿时，我的理想是当编辑和记者。到北京当了编辑和记者后，我没有满足，业余时间一直在写小说，想当作家。新闻毕竟有其客观性、纪实性和局限性，我还有一些想法和情感，需要放在想象的空间，通过文学创作加以表达。还有，在编辑的工作岗位上，因我没有大学文凭，只评上一个中级职称就可能到头了，我要通过写书，拿到另一种意义上的"文凭"。还好，我所写的短篇小说《鞋》和中篇小说《神木》，先后获得了第二届鲁迅文学奖和第二届老舍文学奖。中国作家协会高级职称评审委员会破格给我评了文学创作一级职称。

机遇又一次眷顾我，时间到了新世纪 2001 年。这一年我已经 50 岁，一心想集中大块时间写长篇小说。说来真是幸运，这年北京作家协会要吸收一批驻会专业作家，于是我顺利地调入北京作协，成了一名专事写作的作家。有一句俗话，说你正要打瞌睡，别人就送你一个枕头。我不是要打瞌睡，我需要的是时间。正当我需要时间的时候，北京作协就把大块大块比黄金还要宝贵的时间给了我，使我得以集中精力、调动潜能、一心一意地投入到文学创作。截至目前，我已发表了十部长篇小说，三十多部中篇小说，三百多篇短篇小说，还有不少散文，倘若出文集的话，大约可以出三十卷吧。

新中国建国60周年的时候，我曾写过一篇文章，题目叫《赶上了好时候》。文章的主要意思是说，我之所以能一次又一次地如愿以偿做我倾心喜欢的工作，并通过勤奋劳动实现了人生价值，是因为我们赶上了一个好的时代。好时代的一个突出特点，就是尊重人，尊重人的个性和才能，尊重人的喜爱和自由选择，并为个人的成长和发展提供广阔舞台，帮助人们实现人生的价值，满足人们对幸福生活的追求。也可以说时代是一个大命题，它对我们每个人的命运所起的作用都是决定性的。我个人的一系列人生经历，就是时代决定命运的最好注脚。

回过头再说一下我的祖父和母亲。他们给了我文学方面的遗传基因，我认为他们是有文学天赋的。但因为他们出生的时代是压制人、摧残人、毁灭人的时代，他们的天赋是无效的，只能是自生自灭，得不到任何发挥。其实每个人的天赋在开发和释放之前，都处在沉睡状态，要唤醒一个人的天赋，不是无条件的，是有条件的。而首要的条件，就是要有好的时代和好的环境。当然了，以这个首要条件为前提，还需要个人持之以恒的努力学习和刻苦实践。我斗胆创造了一个词，叫地赋。有天就有地，有天赋也应该有地赋。天赋是先天的，地赋是后天的。比起天赋，地赋包含的东西更多，除了天时、地利、人和，还包括后天的一切学习和劳动，进步和挫折，成功和失败，等等。天赋不可选择，地赋可以争取。只有把地赋和天赋很好地结合起来，二者互为支持，才有可能成就一番事业，完成自己的人生使命。

母亲生前多次对我说,她做梦都没想到,我们家的日子如今会过得这么好。母亲还说:你爷爷要是还活着就好了,他知道了他孙子不但会念书,还会写书,不知道有多高兴呢!

2019年3月25日至29日于北京和平里

边走边写

泪光闪耀

　　2020年3月3日，贵州省人民政府郑重宣布，经过多年艰苦奋斗，革命老区遵义实现了整体脱贫。当年5月，遍地鲜花盛开之际，《中国作家》杂志社组织全国各地的十几位作家，到遵义实地采访。在短短的三四天时间里，作家们马不停蹄，连续走访了务川、湄潭、汇川、仁怀、习水、赤水、竹元等市、区、县和一些乡镇、山村。通过座谈和现场踏勘，我们了解到不少脱贫攻坚的实例。之后，作家们从各自的角度，写了所见所闻和独特感受，以"中国作家走进遵义采风小辑"的形式，集中发在2020年第9期《中国作家》上。我写的文章题目是《谱写遵义新史诗》，意思是，如果说遵义会议和四渡赤水是中国共产党领导下的工农红军所谱写的里程碑式的革命史诗的话，脱贫攻坚之战则是英雄的遵义人民所谱写的可歌可泣的壮丽新史诗。在文章中，我除了概述遵义的全面变化，还以点证面，着重举了遵义市汇川区芝麻镇竹元村从"高原孤岛"变为"美丽山村"的实例。在接我们去竹元村的中巴车上，车在弯弯曲曲的山道上拐来拐去。驻村第一书记谢佳清不失时机，在车上就开始给我们讲她的扶贫故事。她所讲的为争取扶贫项目多次流泪和哭求的经历，让我深受感动，留下了难忘印象。我在文章中表达了对"全国脱贫攻坚贡献奖"获得者谢佳清的由衷敬意。全国的驻村第一书记有五十多万，我认为谢佳清应该是其中的优秀代表之一，她全心全意为人民服务的奉献和牺牲精神，非常值得我们学习。同时我还认为，竹元村快速、全面、彻底、现代化、高质量的巨大发展变化，堪称是全国乡村变化的一个典型，非常值得书写。我简要写了竹元村在交通、水利、电力、通信、教育、卫生、文化等多方面的变化后，最后写道：看到竹元村的新面貌，联想起自己小时候的贫困经历和我们老家的变化，我心潮起伏，几乎有些眼湿。我脑子里接连涌现出了好几个题目，如鲜花盛开的村庄、山乡巨变看竹元、竹元开创新纪元等，似乎都不尽意，都不能充分表达我的心情。我想，竹元村完全可以作为一个美丽乡村的旅游目的地，能在竹元村住一晚就好了。因日程安排紧，我们未能在竹元村留宿。留点儿念想吧，日后，我或许会一个人到竹元村住上一段时间。

两年之后，在2022年端午节期间，我克服疫情造成的重重阻隔，终于如愿以偿，又来到了竹元村。我原来说想在竹元村住一晚，这次去可不是住一晚，在驾校的一间宿舍住下后，一住就住了12天。竹元村海拔高，落差大，平均海拔高度在1100米以上，气候清爽宜人。白云生处有人家，有人家处有白云，每天早上都有云雾在山间涌现，缭绕。雪白纯洁的云雾有时不但遮住了村委会办公楼旁边一座挺拔的金顶山，还铺展在办公楼前面的文化广场上，宛若仙境一般。我在竹元村期间，谢佳清在繁忙的工作之余，差不多每天都抽出时间跟我聊一会儿。除了在她的办公室里聊，她还冒着连绵的小雨，带我在山里行走。全村共41个村民小组，我们几乎都走到了。谢佳清对组组户户的每一个村民都很熟悉，我们边走边聊，走到哪里都有聊不完的话题。

常常是，聊到动情处，谢佳清满眼都是泪水，我的眼泪也模糊了双眼，连笔记本上的字都看不清楚。我不得不摘下老花镜，用纸巾擦擦眼角，才能和她继续聊。还有的时候儿，我被感动得喉头哽咽，说不成话，无法把交谈进行下去。我只好喝一口水，压一压哽咽，或扭过脸看一下别处，调整一下情绪，方能接着交谈下去。我已是年逾古稀的人，原以为自己的激情已经衰退，情感已经淡薄。得知谢佳清的一系列事迹，我的激情似乎又燃烧起来，情感又变得充沛起来。回到北京之后，不管做什么事情，我脑子里老是不时回旋起谢佳清的形象和事迹，兴奋和抑制有些失调，甚至有寝食难安之感。忠实于自己的所感所思，那就写起来吧。

留下来

　　谢佳清原是遵义市人民检察院的检察员，侦查监督处副处长。2015年7月，受检察院的选拔和推荐，她第一次到芝麻镇附近的贫困村新民村，当上了驻村工作组组长、第一书记。一在村里住下来，谢佳清就开足马力，全身心地投入紧张而有序的脱贫攻坚工作。在各方面的大力支持和协助下，经过谢佳清和全体村民的共同努力，只用了七八个月时间，新民村的人均收入就达到了脱贫标准，摘掉了贫困村的帽子。既然已经完成了驻村帮助脱贫的任务，谢佳清可以理所当然地回到检察院，穿上板正的检察官制服，继续做庄严的检察工作，并可以天天回家，过方便而优越的城市生活。然而就在这时，竹元村的驻村第一书记因事回城去了，急需另派一个人去竹元村接替第一书记的工作。检察院的领导考虑到谢佳清在驻村工作中成绩优异，并积累了脱贫攻坚工作的经验,就征求谢佳清的意见,希望她能去竹元村当第一书记。谢佳清说,既然党组织这么信任她,那就去吧。领导要谢佳清不必马上答应,先去竹元村看一看,回头再商量。领导介绍说,竹元村是全贵州省为数不多的深度贫困村之一,脱贫攻坚的艰难程度超出了人们的想象,你要做好心理准备。

竹元村地处三山夹两沟的深山老林,总面积18平方公里。村里不通公路,附近连简易的硬化路都没有,只有一些坑坑洼洼的沙石路。从遵义市到竹元村的直线距离不过几十公里。可检察院送谢佳清去竹元村的越野车在险峻的山里绕来绕去,颠簸两三个小时才到目的地。他们早上出发,到竹元村已近中午。村里的老支书和村主任听说过谢佳清在新民村带领群众脱贫的事迹,并听说谢佳清有可能到竹元村当第一书记,把谢佳清叫成谢书记,对谢书记的欢迎很是热情。午饭总是要吃,可村里没什么好吃的。老支书和村主任为了表示对谢书记的欢迎,就在附近的镇上订了一份烧羊肉,托人骑摩托把羊肉送到村委会。别看镇上离村里只有十几公里,因山间小路崎岖难行,等烧羊肉送到,至少需要一个多小时。谢佳清说她不爱吃肉,不同意给她订羊肉,说午饭吃不吃都没关系。可老支书和村主任态度坚决,不容推辞。在等午饭期间,老支书开始向谢书记介绍竹元村的基本情况。竹元村937户,4729人。建档立卡的贫困户407户,1847人。截至2015年,年人均纯收入876元,离脱贫所规定的标准差得很远很远。老支书说,别看竹元村偏僻贫穷,红军当年四渡赤水时,一部分红军于1935年3月24日曾在竹元村露宿住过一晚。红军还向一户姓杨的村民家借过五石苞谷,并打了借条。谢佳清听得眼睛一亮,对这个话题很感兴趣,她说借条很有意义,问借条还在吗。老支书说,杨家搬家时,把借条弄丢了。谢佳清说:借条可以证明竹元村人民对中国革命的贡献啊,丢失太可惜了!

村委会的办公室是几间破旧的木头房子，他们正说话，忽听得头顶的楼板上呼呼啦啦一阵响，谢佳清顿时有些惊恐，问：屋里是不是有老鼠？她说她胆小，从小就害怕老鼠。老支书和村主任面面相觑，都不敢承认屋里有老鼠，他们担心要是承认了屋里有老鼠，有可能留不住这位城里来的女书记。老支书说外面没有老鼠，咱们到外面走走。他们沿着田边的一条羊肠小道，向山下的一个居民组走去。时间是2016年的3月，崖畔的杏花正在开放，扑面而来的是春天的气息。谢佳清看到不远处有一座破旧的木头房子，问这家是什么情况。老支书告诉谢佳清，这家的男孩子姓王，男孩子外出打工期间，谈了一个对象。对象怀孕后，男孩子把对象带回家里。对象一见男孩子家里穷得丁当响，埋怨男孩子骗了她，天天和男孩子吵架。孩子生下后，她不等孩子满月就抛下孩子走了，一去不回头。男孩子认为就是因为家里太穷了，才没有把对象留住。他一时没有致富的门路，就铤而走险，干起了盗窃的勾当。结果，男孩子因犯盗窃罪被判了15年徒刑，现在还在监狱里关着。被妈妈抛弃的女孩儿今年已经6岁，家里有卧病在床的奶奶，还有年近九旬的曾祖母，都是靠小女孩儿给她们做饭吃。听罢老支书的讲述，谢佳清的表情凝重起来，她不由得感叹：这家人的遭遇太惨重了！小女孩儿太可怜了。老支书补充说，像男孩子这样的情况在竹元村不是个别的，据他所知，全村至少有十几个相貌不错的小伙子，都是把怀了孕或生了孩子的对象领回竹元村后，那些耐不住贫困的对象就丢下小伙子和孩子走掉了。她们大都在试婚阶段，没办结婚证，走了也就走了。谢佳清说：这样的事最能说明一个地方的贫困程度，这种情况再也不能继续下去了。

这时村主任接到一个电话，说送羊肉的在山里走迷了路，把羊肉送到另外一个村去了，要把羊肉送到竹元村，恐怕到下午三四点了。

时间还长，老支书建议谢书记去一个水窖那里看看。老支书说：那个水窖还是几年前你们检察院作为扶贫项目帮我们建的呢。他们在杂草掩映、乱石嶙峋的山路上向上攀登，登了半个多小时，才到了建在山坡上的水窖那里。水窖是一座用钢筋水泥建造的正方体容器，水窖的窖口盖着一张半米见方的水泥盖板。老支书指着刻在水泥盖板上的字让谢书记看。谢佳清看了水泥盖板上的七个大字，一腔热血一下子沸腾起来，她满脸通红，眼里渐渐涌满了泪水。盖板上刻的是什么字呢，是"吃水不忘共产党"。字像是在水泥盖板刚刚打成时用干树枝刻画上去的，写得并不是很好，字迹的凹坑里生出了丝绒状的绿苔，但一笔一画清晰可见。这就是革命老区的人民，党为他们做了一点应该做的事，他们都铭记下来。那一刻，谢佳清想到自己也是一名入党二十多年的共产党员，想到党章所规定的一个共产党人的责任，并想到当年她在党旗下的庄严宣誓，暗暗下定决心，要在竹元村留下来，再苦再难也要留下来，一定要帮助竹元村的村民战胜贫困。

先修路

牵牛要牵牛鼻子，不能拽牛尾巴。要使竹元村脱贫，必须抓住关键问题。谢佳清在竹元村上任后，换上最普通的衣服，穿上轻便旅游鞋，背起女儿淘汰下来的旧书包，书包里装着载有习近平总书记有关脱贫攻坚和精准扶贫的讲话读本、笔记本，书包两侧还分别装着雨伞和凉开水，和村干部一起，每天在大山里奔波，到每个村民小组实地调查。路比较远的地方，她只能坐村干部的摩托车前往。山路宽不到一米，有的路段一侧是峭壁，另一侧是深渊，摩托车在碎石头上弹弹跳跳，很是惊险。据说在 2013 年，镇里派出所的一名民警和一个辅警骑着摩托车下乡办案，就跌进了深渊，双双以身殉职。然而谢佳清对村干部说：只要你们敢带我，我就敢坐。其实，每一次坐摩托车，她都紧张得心脏似乎都要跳出来。为了能得到切身感受，掌握实际情况，她只能咬牙坚持。在山路特别立陡的地方，连摩托车都不能骑，当年已是 48 岁的谢佳清只能由村干部在前面引路，她手脚并用，一点一点往上爬。比较年轻的村主任夏应礼想拉她一把，却不好意思拉。谢佳清对他说：夏主任，你拉我一把嘛！我小时候得过风湿性关节炎，现在膝盖髌骨软化，两条腿乏力得很。夏主任这才敢拉住谢佳清的手，奋力往上拉。

经过反复调查研究，谢佳清和村干部们得出了一致的看法，竹元村之所以长期陷入深度贫困，最关键的卡脖子问题是道路不通，无路可行。关山重重，沟壑纵横，因不能行车，就使竹元村处在几乎与外界隔绝的、孤立的原始状态。冬天取暖要烧煤，村民们只能用背篓装煤翻山越岭往家背。一户村民要盖房子，只能借助马匹的力量一趟一趟往山里驮砖瓦。等把房子建成，把两匹马都累死了。一户农家喂肥了一头 400 多斤的大猪，需要动员起八个青壮男人轮番抬，才能把大猪抬到山外卖掉。那么在山里生长的杏子、桃子、李子等时令水果和时鲜蔬菜等，因为运不出去，只能眼睁睁地看着烂掉。更让人吃惊的是，村里的一些老人和孩子连汽车都没见过。这种状况正如竹元村的村民在花灯调里唱的那样："正月里来正月正，遵义有个竹元村，山高坡陡穷得很，走亲访友路难行。"

找到贫困发生的症结所在，谢佳清在和驻村工作组、村干部，以及从市里请来的专家共同制定脱贫攻坚规划时，就把修路放在了规划的首位。他们制定的规划从实际出发，重点突出，切实可行，很快得到了汇川区党委、政府的批准。区里以红头文件的形式，把规划下发到区属各单位，以调动全区的力量，帮助竹元村脱贫。规划有了，但要把规划落地，使千年的天堑变通途，谈何容易！修路时，须由各村民小组的村民把自家门前的小路修成宽度和厚度够标准的毛路，才能有专业的筑路队加以硬化，变成永久性的水泥路。修毛路没有报酬，占地也没有补偿，有的村民不干了，使修路工程难以顺利进行。遇到阻力和困难，谢佳清就组织村干部和党员代表学习习近平总书记的讲话，并带他们到遵义会址、土城、苟坝、青杠坡战役纪念馆等红军革命遗址参观，以激励革命斗志，增强战胜困难的信心和勇气。对一些不愿修路的村民，谢佳清逐户登门去做思想工作。对个别实在说不通的村民，用谢佳清的话说，我就吼他们，我大声对他们说：国家出钱给你们修路，这是千载难逢的好机会，错过这个机会，后悔就晚了。你们不为自己着想，难道不为子孙后代着想吗！别人家门前都通了路，只有你们家仍然无路可走，你的儿子、孙子、重孙子以后都会埋怨你的，都会骂你的！吼着吼着，我突然有些伤心，泪水呼呼地流了下来，以至泪水咽住了喉咙，吼都吼不成了。我的吼没吓住人家，我一哭，倒把那个村民感动了，他说好好谢书记，你不要哭来嚯，我答应修路还不成吗，我马上就修还不成吗！

就这样，在全体村民和筑路队的通力合作下，用了一年多的时间，所有规划蓝图中的路都修通了，不但修通了村里通向城镇的19.8公里公路，村内还实现了组组通，户户通。原来全村只有村委会门前不到两公里的硬化路，到2018年，全村的硬化路总长达到62.7公里，村民们过年时在新编的花灯调里唱道："通组连户都硬化，车子开到院坝头。"

战胜病魔

修路只是竹元村脱贫攻坚的建设项目之一，同时推进的基础设施建设项目和民生工程项目，还有三十多项。区里的水利局帮助修水库，建水厂；电力局帮助更换电线杆，架设高压线；教育局帮助建学校、幼儿园和教师周转房；卫健局帮助建卫生室；网络通信公司负责建维基站等等。好比竹元村是汇川区的最后一个贫困山头，各路大军齐聚竹元，在进行一场攻坚拔寨的集团式冲锋。一时间，炮声隆隆（修路开山需要放炮），硝烟滚滚，机器轰鸣，热火朝天，好像真的把竹元村变成了一个战场。在这场战斗中，谢佳清无疑是总调度，总协调，总指挥。她的手机 24 小时开机，处在全天候工作状态。可能因为她过于紧张了，也过于劳累了，身体出现了不适，腹部阵阵作痛，动不动就有力不从心之感。她到医院一查，是子宫癌前期病变。谢佳清一惊，天哪，这怎么办？医生建议她马上住院动手术，陪她去医院检查的丈夫也劝她立即动手术。可是谢佳清不想住院动手术，除了医生和丈夫，她不想让父母、妹妹们、村干部和村民知道她生了重病。父母都已年迈，倘若知道她生了病，会担心，心疼。她有四个妹妹，有的是市交管局的副局长，有的是区政府副区长，有的是国企的董事长，有的是私企掌门人，都是厉害角色。她们要是知道二姐得了病，一定会找到二姐的上级领导，坚决要求把二姐调回市里。她们的大姐得的就是癌症，38 岁那年就离开了人世。她们已经失去了大姐，再也不能失去二姐。更重要的是，全村的脱贫攻坚战斗正处在紧要关头，她作为被大家称为主心骨的攻坚指挥者，此时临阵离开工作岗位，有可能会影响攻坚的进度。她问主治医生，能不能通过吃药保守治疗？医生说，药物治疗不是不可以，只是药物的副作用比较大，长期服药对肾功能和肝脏都有伤害。为了不离开工作岗位，尽快打赢竹元村的脱贫攻坚战，她把生死置之度外，毅然决然选择了药物治疗。回到竹元村后，她瞒下自己的病情，一边悄悄吃药，一边谈笑风生，照常工作。药物的副作用果然很大，因药里含有激素，服了一段时间药后，她身体虚胖，体重猛增二三十斤。同时转氨酶严重超标。为了调理身体，使自己有精力继续工作，她又让中医给她开了一些中药，天天在办公室里熬药汤子喝。到了吃饭时间，她不去吃，在办公室里喝药。村干部问她为啥吃药，她说是为了减肥。心中的苦楚只有自己晓得，她守口如瓶，绝不向别人吐露半分。在吃药期间，过一段时间，就要去医院取样活检一次，每次活检，都把她疼得死去活来。为了工作，她以坚定的信念和钢铁般的意志，硬是战胜了疼痛。药物治疗持续了八九个月时间，当最后一次活检报告出来，医生打电话告诉她病灶消失的好消息时，未等医生把话说完，她就喜极而泣，泪流满面。

种核桃

种核桃，是整个芝麻镇曾经引进的脱贫项目之一。由于投机商人提供的核桃种苗不合格，核桃树栽下六七年了，一直不见挂果。当地农民因此得出一个结论，此地不适合种核桃。还在新民村当驻村第一书记时，谢佳清就请教了核桃种植专家，并让专家化验了土质，证明当地完全可以种核桃。在竹元村上报的40多项脱贫规划项目中，把种核桃作为一项列了进去。可能鉴于以前的教训，种核桃的项目未能获得批准。执着的谢佳清不甘心，有一天中午，她趁区委姜书记检查完竹元村的脱贫攻坚进展情况在吃午饭的短暂时间，向姜书记重新提起种核桃的事。姜书记让她也吃饭嘛，有啥事儿吃了饭再说。谢佳清说她不想吃饭，让姜书记只管吃自己的。姜书记边吃，她边说，不耽误姜书记吃饭。她向组织上保证，一定会把核桃种成功。种核桃成功后，一是可以帮助贫困户脱贫，二是可以挽回以前的脱贫工作在群众中所造成的不良影响。她说得又快又急，说着说着就哭了起来，眼泪啦啦流，像一个受了委屈的女孩子。这饭还怎么吃，姜书记的眼圈也红了，不得不放下筷子，他说有话好好说，不要哭嘛！谢佳清道了对不起，说她也不想哭，但她管不住自己的眼泪。姜书记马上喊过在一旁正端着饭碗吃饭的市扶贫办主任，对他说：我们要相信佳清同志，她是真心实意为群众着想。你们重新议一下，尽快批准种核桃的项目。

第一批种300亩核桃的指标批下来后，谢佳清选择在湾子村民小组种植。竹元村的土地宝贵得很，种了核桃树，就不能种苞谷、高粱、红薯等其他农作物。谢佳清自己挨家挨户做工作，还让村民组长蔡玉刚帮助说服村民。犹豫之后，村民们答应了种核桃。转眼到了年底，谢佳清之前在海南看中了一套面积不大的房子，三十多万元即可买下，她打算趁过春节长假时去买下房子，让父母过冬时去住。可她刚到家，蔡玉刚给她打电话，说有几家答应种核桃的人家又反悔了，说他们因种核桃已经上过一回当了，不愿意再上当。谢佳清只好返回村里，继续做他们的思想工作。她打了保票，要是核桃树三年内不挂果，她就用自己准备买房子的钱赔偿给各位。这样来来回回一耽误，她就没去成海南，没买成房子。过罢年，海南房价飞涨，原来三十多万能买下的房子飞涨到一百多万，她就买不起了。好在湾子组种下的核桃树当年就挂了果，可把村民们高兴坏了。

除了种核桃，谢佳清还在村里扶持开展了养牛、养猪、养羊、养兔、养鸡和种红高粱、种脱毒土豆、种中草药等多种种植和养殖脱贫项目。仅和茅台集团公司签订的定向种植酿酒用8000亩红高粱一项，一年就可以使村民增收1400多万元。到2019年，全村人均纯收入从不足900元迅速提高到12000多元，大大超过了国家规定的脱贫标准。

决不让一个学生失学

　　谢佳清帮助竹元村的村民们脱贫，并不满足于他们在物质上的脱贫，她放眼未来，还极力帮助他们在文化、智力和精神上实现脱贫。她主张创办幼儿园，改善村小学办学条件，提高教育质量，为老师建居家式宿舍，以及办法治和道德大讲堂，都是为了培养后备人才和提高村民的文化素养。

　　她到竹元村一上任就了解到了，那个被妈妈抛弃的小女孩叫王安娜。她很快联系相关企业，为王安娜家争取到了一万多元赞助费，让王安娜到幼儿园生活学习。王安娜一到入学年龄，她又及时安排王安娜到学校上学，并让班主任老师给王安娜当"代理家长"，帮助王安娜健康成长。谢佳清还了解到，全村有70多名在外地上学的贫困家庭的学生需要资助，她发动一些企业结对帮扶，筹集了30多万元经费，帮助那些学生在外地各级各类学校安心就读。

　　谢佳清偶尔听村干部说到，村里有一个叫蔡琴的姑娘，初中毕业后被一所民办高中录取，一年的学费需要一万多元。此前，蔡家欠银行已到期的三万元无息扶贫贷款还没还，哪里还能拿出一万多元为她交学费呢。无奈之下，她只好放弃学业，带着多病的父母和智障的哥哥，到附近的仁怀县打工挣钱还贷款。蔡琴在一个宾馆里当服务员，谢佳清和村干部驱车去宾馆找到蔡琴，希望蔡琴能继续上学。蔡琴悲观地说：谢书记，我回不去了。谢佳清问为什么，蔡琴说，她要靠打工挣钱还清贷款，并养活一家人。她们正在交谈，宾馆的经理过来了。谢佳清对经理做了自我介绍，讲了蔡琴家的困难情况，说她此行的目的是想让蔡琴继续上学。不承想经理为谢佳清一心为民的善良举动所打动，慷慨解囊，答应为蔡琴家还清三万元贷款，支持蔡琴继续上学。紧接着，谢佳清给她所认识的一位遵义市职业高中的校长打电话，把蔡琴因贫困失学的情况讲给校长听，看看校长能不能接纳蔡琴在职业高中就读。校长说，扶贫也是他们学校的责任，同意蔡琴到学校插班就读，并免除蔡琴的学费。至于蔡琴想学什么专业，谢佳清把手机交给蔡琴，让蔡琴与校长视频通话，直接跟校长讲。校长说了几个专业，蔡琴选定的是幼教专业。这像是天上掉下来的好事，把蔡琴感动得抱住谢佳清大哭不止，她说：谢书记，谢阿姨，您就是我的恩人哪，我怎样感谢您才好呢！谢佳清说：你不用感谢我，感谢党就好了。

大娘，我不走

在上上下下同心协力地共同努力下，只用了两年多时间，竹元村继修通了道路后，接着通了高压电，通了自来水，还通了车，通了商，通了财，通了网，通了情，可谓一通百通，变化翻天覆地，面貌焕然一新。不少人家扒掉旧房，盖成别墅式的新楼房。过年期间，在全村院坝停放的小轿车就有一百多辆。以前，竹元村的村民外出不敢承认是竹元村人，现在他们骄傲地宣称：我是竹元村的！"梧桐树"引来了"金凤凰"，竹元村的小伙子，再也不愁找不到对象。

在2018年中秋节前,谢佳清和村党支部书记黄光领通过和监狱方面沟通协商,为正在监狱服刑的王安娜的爸爸王建生争取到了三个小时和家人会面的时间。在民警的监督下,已在监狱服刑五年多的王建生坐车回到了竹元村。他透过车窗往外看,越看目光越惊恐,禁不住问:你们这是要带我去哪里哟!谢佳清说:这就是竹元村。王建生说:我怎么一点儿都不认识了呢!谢佳清说:等你回到家里就认识了。王建生回到家里,见到久别的老母亲和正上小学二年级的女儿,并看到村里在原址为他家翻盖的新房,才敢确认他确实回到了生他养他的竹元村。三个小时探亲时间很快过去,依依不舍的王建生跪在门前的地上向老母亲磕头告别时,心中大恸,长跪不起,痛哭号啕。王建生的痛哭引来了不少乡亲围观。这时,当过检察员和公诉人的谢佳清显得异常冷静,她对王建生说:起来吧,不要哭了。趁乡亲们都在这儿,你现身说法,跟大家说几句吧!王建生站起来说:我是犯过法的人,请大家一定要接受我的教训,不管到什么时候,一定要靠自己的劳动脱贫,千万不要走歪门邪道。我回去后一定好好改造,争取减刑多一些,尽早回归社会,报答村里对我的关心。

竹元村的变化和谢佳清的事迹上了电视和报纸后,被爱看新闻的老父亲看到了,老人家不大相信这一切都是真实的。他经历过浮夸风盛行的"大跃进"年代,怀疑现在的媒体是不是也在搞浮夸。眼见为实,他要求到竹元村亲眼看一看。谢佳清接父亲到竹元村后,父亲不住在村委会,坚持住进山沟一户村民家里。他在村里住了一段时间,通过观察和走访,看到竹元村的现状和村民们的评价,比媒体上宣传得还要好,才打消了疑虑。有一次,父亲在门外给谢佳清的一个妹妹打电话,不经意间被谢佳清听到了。父亲说:你们的二姐为竹元村的脱贫攻坚付出了很大辛劳,她是共产党教育出来的好干部,你们都要好好向你们的二姐学习!有一次,一家电视台的记者采访谢佳清,当问到对她到偏远山区当驻村第一书记家人是否支持时，谢佳清向记者转述了父亲所说的话。在谢佳清的印象中，父亲对她们姐妹一直很严肃，很严厉，从小到大，都是挑她们的毛病，很少听到对她们的夸奖。父亲在背后对她的夸奖，让她深受感动。在转述过程中，她说着说着就泪飞如雨，泣不成声。她擦擦眼泪，停顿一下，再说还是泣不成声，哭得一塌糊涂。不料电视台在播送对她的专访时，没有把她流泪哭泣的镜头删去，她看了一半就不敢看了。她用当地的话说：真让人恼火，我的表现太失态了噻！

  谢佳清的付出赢得了村民们的普遍爱戴。有小学生看见谢佳清，必驻足向谢佳清行少年先锋队队礼。有村民无事时也愿意给谢佳清打一个电话，主要想听听谢书记的声音。初夏的一天早上，一个小女孩儿双手捧着几颗紫红色的杨梅，在村委会门前台阶下的文化广场边久等。有人问她等谁，她羞怯地说，在等谢书记。谢佳清闻讯，赶紧从办公楼里走出来向小女孩儿走去。小女孩儿说，这是她家的扶贫杨梅树上最早成熟的几颗杨梅，她的爸爸妈妈说，一定要送给谢书记尝一尝。谢佳清说：好孩子，谢谢你的爸爸妈妈，这几棵杨梅我一定要收下。

  6月11日，在我到竹元村住下定点高原生活的第八天下午，谢佳清带我去高原居民组的最高处，看望一位孤寡的村民。下山时，我们路过另一户村民的院坝门口。这家有70多岁的老两口儿，还有一个和王安娜一样失去妈妈的小姑娘。两只小狗叫了几声，老大爷从院坝里走过来，热情邀请谢佳清和我到他家坐一会儿。谢佳清说回村委会办公室还有事，就不去家里坐了。谢佳清说老大爷家的土豆该收了，还嘱咐他一定要照顾好孙女儿，我们就离开了。我们大约走出十几米远的样子，老大爷突然举着手喊我们，喊得声音很大，像发生了什么急事一样。我听不懂老大爷的话，问谢佳清发生了什么事。谢佳清说，是老大爷的老伴儿听说她来了，一定要见见她，跟她说几句话。我们回头一看，见头戴缚口白布帽的老大娘正一路小跑往院坝门口跑，便迎着老大娘返回去。老大娘一见谢佳清就问：谢书记，我听说你要走？谢佳清说：大娘，我不走。老大娘说：你千万不能走噻，你要是走了，我这个老婆子会哭的。说着，就用手背抹眼泪。见老大娘流泪，谢佳清的眼睛也湿了，她拉住老大娘的手说：大娘您放心，咱们完成了脱贫不算完，接着我还要和大家伙一起搞乡村振兴。

是的，谢佳清在竹元村当驻村第一书记已经6年多了，每次轮岗期满，她都写申请要求留下来，和竹元村的村民继续共同奋斗。我看到的是她在2021年4月20日向遵义市委组织部所递交的第四份申请书的复印件，她在申请书中写道：为了巩固和拓展竹元村的脱贫攻坚成果，在乡村振兴中取得更好成绩，我愿意贡献出自己的绵薄力量，争取把竹元村建设得更好。

2022年6月18日至24日于怀柔翰高文创园

拾柴火

小时候在河南的农村老家,我拾过粪,拾过庄稼,也拾过柴火。庄稼一枝花,全靠粪当家。拾粪,是为了给庄稼上肥料,让庄稼长得更肥壮一些。拾庄稼,说得好听一点,是舍不得抛洒一粒粮食,做到颗粒归仓,实际上是到生产队刚收过的庄稼地里捡漏儿,给家里增加一点口粮。拾柴火呢,当然是为了把口粮烧熟,将生米做成熟饭。这样看起来,拾粪、拾庄稼和拾柴火,就构成了一个循环,哪个环节都很重要,都不可或缺。

拾粪,好像是农村男孩子的必修课,记得在我还没有拿起课本读书的时候,就拿起铁锨,扛上粪筐,和村里别的男孩子一起,开始到处去拾粪。在拾庄稼方面,我在炽热的骄阳下拾过麦穗儿,在下过雨的地里捡过发白发胖的豆粒,还在开始下霜的地里溜过红薯。以上两拾我暂且按下不表,这里主要把拾柴火的事情说一说。

我们那里有一个说法,锅是一层铁,铁上的东西不能少,铁下的东西也不能缺。铁上的东西指的是米面,铁下的东西指的是柴火。意思是说，米面和柴火同样重要。举例说吧。初春有一天中午，和我们家同院居住的三奶奶正擀杂面面条，突然想起灶前没柴火了，赶紧喊过她儿子，让她儿子快去外面拾柴火。柴火没有现成的，不是谁想拾马上就能拾到。特别是到了春天青黄不接的时候，地里可以挖到野菜，却难以拾到柴火。三奶奶把面条擀好了，水也添到锅里去了，急得跳脚，他儿子才回来了。他儿子没拾到什么像样的柴火，只折回一把刚发芽儿的湿柳条子。把湿柳条子上的皮筒子拧下来，做成柳笛吹还可以，当柴火连点火都点不着。三奶奶骂了她儿子无用，临时跟我们家借一些柴火，才把生面条子煮熟了。村里有一位裹了小脚的老奶奶，用镰刀到水塘边捞枯萎的菱角秧子，准备把菱角秧子晒干后当柴烧。她脚下一滑，就滑进水塘里，淹死了。村里人把她捞上来时，她右手里抓着镰刀把子，左手里还紧紧抓着一把菱角秧子。最惨重的是我大姑，大姑也是为柴而死。大姑去村外砍柴，村里的财主说大姑砍伤了他家的树根，竟把我大姑打了一顿。大姑不甘受辱，撇下两个年幼的儿子，一索子上吊死了。这可是我的亲大姑啊，每听人说到此事，都让我这个当娘家侄子的痛心不已。

　　够了，不说了，说多了还不够让人心里难过的呢！反正在我小时候的记忆里，家家户户既缺粮食，也缺柴火。物以缺为贵，人人既珍惜粮食，同时也珍惜柴火。人说开门七件事，柴米油盐酱醋茶。柴被排到了第一位，可见人们对柴火的重视程度。比如说，冬来时，家家都在院子里挖一个红薯窖，也要在门口堆一个柴火垛。红薯窖挖在地下，柴火垛堆在地面。冬天下雪了，人们下进地窖里掏出一些红薯，再从柴火垛上拽下一些柴火，在灶膛里把柴火点燃，就可以把锅里的生红薯蒸熟。在数九寒天，屋檐垂着青凛凛的冰条子，屋子里冷得像冰窖一样。这时候，我们从柴火垛上取下一些柴火，在屋里烤一烤火不行吗？不行，哪怕我们冻肿了耳朵，冻烂了脚后跟，都舍不得烧一把柴火取暖。倘若忍不住寒冷，不时取柴烤火，早早把柴火烧完了，大长的冬天，拿什么烧火做饭呢！

柴火垛上的柴火，是从哪里来的呢？都是从生产队分来的吗？不是。生产队在生产粮食的同时，也会生产一些柴火，但大多数柴火不能分配给社员烧锅，要作为牲口的食物，留下来喂牛、喂马、喂驴。像麦秸、谷草、豆秆等，都是牲口的宝贵饲料，不能参与分配。能分给社员的，主要是少量的玉米秆、棉花秆、芝麻秆等。这些少量的秆类柴火，被我们老家的人说成是硬柴火，好柴火，放进灶膛里一烧噼啪作响，好听，火旺，热量高。平日里人们舍不得烧这样的好柴火，到过年蒸白馍熬肉的时候才拿出来烧。那么，各家各户门前柴火垛上的柴火，主要是每家的大人和孩子拾来的。

大姐二姐，是我们家拾柴火的主力。在生产队里割麦，大姐和二姐都是冲在前面。上午割完了麦，回家刚吃罢午饭，大姐二姐一刻都不休息，又拿起镰刀，扛上荆条筐，到收过麦子的地里拾柴火去了。割倒并打成捆的麦子都运到场院里去了，地上的一些麦叶，也被人用竹箔子搂得干干净净，地里还有什么柴火可拾呢？大姐二姐是到地里拾麦茬，也就是拾麦根。生产队里割麦，社员们被要求都是镰刀贴着地皮割，麦茬都留得很短很短，几乎看不见。这样的麦茬用手拔不出来，只能用镰刀的刀尖砍进土里，把麦茬连麦根一块儿刨出来。大太阳在头顶烤着，暑气在地上蒸着，她们就那样一下一下把麦茬的根须刨出来，抖去泥土，放进筐里。尽管她们都戴着草帽，脸还是热得红通通的，额前和鬓角的头发都被汗水湿得打了缕儿。到下午，社员们又该下地割麦时，大姐二姐每人已拾回一筐柴火。到了秋天，生产队里割完豆子时，大姐二姐就去地里砍豆茬。豆茬像一把把锋芒向上的小锥子，要比麦茬坚硬得多，也锋利得多，一不小心，容易把手扎破。大姐二姐不惜扎破手，也要把一根根豆茬砍出来。听大姐讲过，她早上下地砍豆茬时，小北风溜溜刮着，冻得她浑身直打哆嗦。为了家里冬天能有柴火烧，大姐咬紧牙关，也要继续拾柴火。除了拾干柴火，大姐二姐还往家里拾湿柴火。湿柴火是一些夏季里茂盛生长的青草。她们把青草割回家，摊在院子里晒干，就变成了干柴火。由于大姐二姐的勤劳，我们家曾缺过粮食，好像从没有缺过柴火。

作为家里的男孩子，我的主要任务是拾粪。拾粪如淘宝，不管能不能淘到宝，淘宝的样子是要做的。家里的男孩子和女孩子，虽说在分工上有所侧重，但不等于男孩子只见"宝"，不见柴火，看见柴火也不拾。不是的，小时候我也年年拾柴火。回忆起来，我比较难忘的拾柴火的经历，是拾楝枣子和树叶子。楝树上会结成嘟噜的楝枣子，楝枣子一旦成熟，就叭叭落在地上。当楝枣子落地时，母亲给我一只竹篮，让我去树下拾楝枣子。楝枣子的样子虽说像枣，但摔烂的楝枣子又酸又苦，好像还有一股子臭味，根本不能吃。可楝枣子里面也有枣核，也可以当柴火烧锅，于是，我也像拾"宝"一样，把一颗颗楝枣子拾进竹篮子里去了。我拾过的树叶子，有杨树叶子，也有柿树叶子。拾树叶子的办法，是母亲交给我一根椿树长长的叶梗子，让我把拾到的树叶子穿在叶梗子上。叶梗子下端有一个被人称为马蹄的疙瘩，有疙瘩挡着，树叶就不会掉下来。每拾到一片厚墩墩的树叶子，我都在树叶子中间儿抠开一个小孔，把树叶子穿在椿树的叶梗上。杨树的叶子是金黄的，柿树的叶子是玉红的，穿在一起色彩斑斓，显得格外好看。我注意到，我拾到的串串树叶子在灶屋里放着，迟迟没有被烧掉。我后来想，那些被穿成串的好看的树叶，也许有了形式感和艺术感吧。

生产队解散，分田到户之后，粮食和柴火一下子就多了起来。柴火大堆小堆，一年四季，人们再也不必为缺柴发愁。柴火多了，我们老家的人反而不烧柴火了，开始烧煤炭，烧装在钢瓶里的液化气。

可是，我每次回老家，见大姐二姐家还是用柴火烧锅，做饭。她们说，用柴火烧锅，做出的饭才有柴火气，才是过去的味道，吃起来更香一些。

2023年5月1日，劳动节在劳动，

早上04：35分于怀柔翰高文创园

想象潘安

大家都知道，我国古代有四大美女，她们分别是西施、王昭君、貂蝉、杨玉环。相应的，有美女就得有美男。那么，我国古代的美男是谁呢？大家也都知道，是生于魏晋时期的潘安。大概是为了对称，也是为了凑数，据传说，我国古代的美男也是四位。可除了潘安，人们很难说清其他三位姓啥名谁。也就是说，国人公认的美男只有潘安，他是我国从古至今的第一位美男子，也是唯一一位被亿万民众普遍认可的美男子。

公元247年，生于河南中牟县潘家庄的潘安，名岳，字安仁，小字檀奴，也被人爱称为檀郎，潘郎。他到底有多美呢？他美到何等无以复加的程度呢？这是一个悬念，一个美好而巨大的悬念。1700多年来，这个悬念一直在国人的心头悬着，迟迟未能放下来，让世世代代的国人都不能释怀。

好了，到了公元2009年，中牟县拟筹拍一部关于潘安故事的电视剧，要把潘安的美好形象搬上荧屏。我和刘恒，还有中央电视台电视剧制作中心的编剧徐小斌，有幸被邀请为电视剧的顾问，到中牟参与了剧本的策划，座谈。我们一致认为，这是一件大好事。潘安被遗忘和尘封得太久太久，现在终于可以请出来与观众见面。盛世修文，盛世尚美，此时把潘安的形象搬上荧屏，恰逢其时，正好可以满足人民群众对于美的向往和期盼。执笔写剧本的，是我的一个煤矿上的朋友，叫翟平。他初步计划写20集，电视剧的名字叫《美丽潘郎》。看了剧本第一稿，我曾有些担心，不知我国当代有哪一个男演员，能担负潘安这样一个名垂千古、名扬天下的美丽角色。真的，我把我所知道的我国比较有名的男演员在脑子里扒拉了一遍，觉得没有一个当代的演员能够胜任。他们通过化妆，美容，造型，或许能模仿一下潘安的外表，可他们怎么接近潘安的内心世界呢，怎样能表现出潘安那样一种深厚的、独特的古典美的气质呢！我甚至想到，在潘安的形象没被搬上荧屏之前，他的形象几乎是抽象的，一万个人可能对他有一万种美好的想象。可一旦搬上荧屏，万千想象集于一身，他就被具象化了，也被局限住了，反而影响了人们对他的无限想象。这些想法我当时并没有说出来，在积极推动剧本创作成功，希望电视剧能够早日投入拍摄。

  关于潘安的历史资料有限，可供挖掘和发挥的资源少而又少，要编一个几十集的电视剧本谈何容易。尽管编者几易其稿，衣带渐宽，付出了极大的辛劳，并不惜在剧本中加入一些宫斗和魔幻的情节，剧本离表现潘郎之美的初衷还是越来越远。可能还有其他方面的原因，反正计划中的电视剧最终没能投入拍摄。这件事没做成功，我感到遗憾。因为我是电视剧的顾问之一，电视剧的流产，我认为自己担有一份责任。我深感对不起潘郎，连对潘郎掬一把辛酸泪的心都有。

  2023年11月初，中牟县第八届"雁鸣金秋"笔会举办之际，我得到邀请，欣然前往。我之所以愿意再去中牟，很大程度上冲着潘安去的。且不说潘安是中牟首屈一指的传统文化代表人物，是中牟的一张闪闪发光的历史文化名片，因内心觉得欠着潘安一笔账，很想到潘安的出生地潘家庄拜谒一番，以表达对潘安的怀想、谦意和敬意。在中牟几天，所见所闻，让人欢欣鼓舞，不可备述。记得在一个对话会上，我开口就说：中国有中原，中原有中牟，中牟是中中之中。中牟日新月异的发展变化，堪称中华大地上的一个美丽缩影。笔会散会后，朋友们各奔东西，我一个人留了下来。由县文联领导亲自驾车，专门送我去了一趟潘家庄。潘家庄后来分成大潘庄和小潘庄，潘安的出生地在大潘庄。1996年，大潘庄人自发捐地筹款，在潘安故里建起了潘安游乐园，并于当年十月向公众开放。2012年，中牟县人民政府将潘安游乐园进一步扩建，改造，建成了占地百亩有余的潘安主题公园。在公园里，我整整流连了一上午，瞻仰了亭亭玉立的潘安雕像，参观了文图并茂、内容丰富多彩的潘安纪念馆，与潘安文化研究会的专家们进行了交流，并获赠《潘安作品集注》《潘安系列传说》等三本著作。通过这次系统的参观、学习、交流和阅读，使我对潘安之美有了比较全面和深入的了解和认识。我认识到，潘安的美不是表面的，是深层次的；不是单一的，是综合性的；不是短暂的，是持久性的。也就是说，潘安之美，绝不仅仅是貌美。我相信，人世间生得貌美的男人很多很多，但绝不会因长相好看就可以得到世人的青睐，就可以流传千古。除了貌美，还有许多其他美的元素融合在一起，才构成了潘安的多元之美、复合之美、立体之美，才形成了无与伦比的、神话般的美丽传说。下面请允许我从潘安的姿仪之美、才华之美、情感之美、政声之美四个方面，简单想象一下这位中华民族历史上美的巨人。

  姿仪之美。对于潘安的美貌，《晋书·潘岳传》和《世说新语·容止》里，都有明确记载和生动描述。前者在传记里说："少时常挟弹出洛阳道，妇人遇之者，皆连手萦绕，投之以果，遂满车而归。"不难想象,当潘安乘车在洛阳道出游时,被一些对潘安心仪已久的妇人们看到了。有人惊喜地发一声喊,她们纷纷拉起手来,拦住了潘安的车。她们围成一个圆圈,环绕着潘安,喊着潘郎,潘郎,又唱又跳,又哭又笑,形成一种类似狂欢的场面。那些妇人争相把提前准备好的鲜花和水果往潘安乘坐的马车里投,以致车厢里堆得满满的,微微含笑的潘安几乎连站立的地方都没有了。例不必多举,仅此一个细节,就让我们知道,当时的人们对潘安是何等的推崇备至,何等的喜爱连天!当今有一些明星,他们也拥有一些所谓"粉丝",可有哪一位明星,能像潘安这样受到如此隆重而热烈的欢迎呢!狂傲洒脱如唐代的大诗人李白者,都禁不住赋诗对潘安赞美道:"白玉谁家郎,回车渡天津。看花东陌上,惊动洛阳人。"

才华之美。俗话说郎才女貌,比起重视女人的貌,国人好像更重视男人的才。如果男人的才学不高,长得再美也不堪重用。而潘安的貌美和才高相辅相成,是典型的才貌双全。在关于潘安的传记里,一开篇就说:"岳少以才颖见称,乡邑号为奇童。"也是在传记里,称赞潘安的文章"辞藻绝丽"。像"绝丽"这样对文章的评价之词,我以前从未看见过。一个绝字,是说潘安诗赋的辞藻之美是前所未有,后世也很难出现。如此高的评价也真够绝的,不免让人心生敬畏。22岁那年,初入仕途的潘安,亲眼目睹晋武帝躬耕之事,有感而发,创作了热情洋溢的《籍田赋》。所赋虽不乏歌功颂德,但也表现出潘安鲜明的民生民本思想,颇得当朝赏识,遂成为潘安的成名之作。之后,潘安陆续写出了《西征赋》《秋兴赋》《闲居赋》《怀旧赋》《笙赋》等篇章,每一篇都精彩之至,不同凡响。除了写赋,潘安还写了大量的诗和诔。据《隋书·经籍志四》记载:"晋黄门郎《潘岳集》十卷。"潘安是西晋"太康文学"的代表人物。魏晋有包括嵇康、陆籍、刘伶等在内的竹林七贤,恐怕哪一贤都不如潘安所作的作品多。在士大夫阶层所推崇的魏晋风度中，潘安的风度无疑是一道光彩夺目的彩虹。

情感之美。人类是高级情感动物，在所有的审美范畴中，情感之美历来是美的核心。潘安的情感自然，真诚，充沛，温柔，与天情深，与地情深，与人情深，一生留下了许多动人情肠的故事。在我国民间广为流传的"二十四孝"早期版本中，就有潘安"弃官奉亲"的故事，附诗赞曰："弃官从母孝诚虔，故里牧羊兼种田。籍以承欢滋养母，复元欢乐事天年。"当时，潘安正任职长安令，母亲跟他一起生活。母亲生病后，产生了强烈的思乡之情。潘安得知母亲的心愿后，毅然辞官，送母亲回乡。回到家乡，为了奉养母亲，他耕田种菜，"以供朝夕之膳"。还养了一群羊，每天挤羊奶给母亲喝。潘安的这些所作所为，在他的《闲居赋》里都有详细记述。更感人的故事，是潘安对结发之妻杨容姬的忠贞不渝。像潘安这样的盖世美男，不知有多少多情的女人迷恋他呢，又不知有多少风流的女人甘心情愿向他投怀送抱呢。可潘安高洁自重，只钟情于自己青梅竹马的妻子，一点绯闻都没有。谓予不信，读读潘安为妻子写的《悼亡赋》就知道了，那是何等的情深意重，泣泪泣血，痛断肝肠。在魏晋之前，极少有丈夫悼念妻子的篇章，是潘安开了"悼亡"的先河，后世的哀悼亡妻，均以"悼亡"为题，形成了"悼亡"文学。

政声之美。潘安因"才名冠世，为众所疾"，一直没得到较高的职位。但不管潘安到哪里任职，都注重察民情，启民智，解民忧，为民造福，赢得了老百姓的爱戴。比如，潘安到河阳县任县令时，当地的百姓饥寒交迫，穷得要命。他上任后，一不骑马，二不坐轿，独自一人便衣出行，到民间察访，把河阳县的山山河河、村村寨寨差不多走了个遍。根据河阳县的地理水土、气候风物等特点，在鼓励百姓种好五谷、养殖六畜的同时，还大力倡导栽种桃李花木，并张榜行令，告示全县。在潘县令的指引下，河阳百姓在全县的沟坡、沙地、房前屋后，广种花卉，遍栽果树。使河阳县很快百花争艳，桃李遍地，在全国赢得了"河阳满县桃"和"河阳一县花"的美誉。李白在河阳游览后题诗称赞："河阳花作县，秋浦玉为人。地逐名贤好，风随惠花香。"潘安在怀县任县令时，也取得了世所公认的政绩。五百年之后的杜甫，在诗中把潘安的姓氏冠在县名的前面，尊称潘安为"潘怀县"。有李杜的诗作为证，可见潘安亲民爱民的政声之美影响多么广泛和深远。

至于潘安因陷于党争和内斗，一生以惨绝的悲剧而告终，则可另当别论。

我还是衷心希望，有朝一日能把潘安的形象搬上荧屏，让全国人民一睹潘郎的风采。

2023 年 12 月 7 日至 12 日于北京光熙家园

"平安"归来

我外出的机会很多,每年都有好多次。到了外地,我很少逛街,很少买东西。别人送给我的礼品,我一般也不愿往家里带。一是我把带东西视为一种负担,一种累赘,能不赘就不赘。二是在这个物质丰富的时代,家里的东西已经够多了,新摞陈,陈摞新,把家里有限的生存空间挤占得越来越小,几乎构成了压迫。曾出现过这样的情况,我万里迢迢把一件包装精美的物品拿回家,随手放到一个地方就忘记了。等偶尔再发现时,已经多少年过去,连我自己都想不起,这是什么东西?是什么时候放在这里的?

事情也有例外,有一年去新疆的和田,我竟一次买了四件玉制品。我们都知道,古往今来,和田是和玉连在一起的。"和阗昔于阗,出玉素所称",把和田称为玉田也可以。到和田如果不观玉,不买玉,跟虚行一趟差不多。去和田之前,我已打定主意,要为妻子买一块玉。在上个世纪的八十年代,北京刚有金首饰上市的时候,我就用两个多月的工资,加上一些稿费,为妻子买了一枚五克重、带有纪念意义的金戒指，得到了妻子的欢喜。到了和田，如果再给妻子买一件玉制品，那就"金玉"都有了。和田卖玉的商店当然很多，每个商店里的玉制品都琳琅满目，让人观不胜观。我和一帮北京去的爱玉的朋友们在一家商店转来转去，我眼睛一亮，目光一聚焦，终于看上了一件玉制品。我的第一感觉是，这件玉制品就像是为我妻子准备的，并且已经准备了很久很久，在等妻子的丈夫有朝一日把玉买走，献给妻子。如果妻子的丈夫不去和田，那块玉也许还会默默地继续等下去。那是一件什么玉制品呢？原来是一只小小的玉兔儿。羊脂玉是白色，在月宫中捣雪的兔儿也是白色，还有什么动物以玉相称呢，恐怕只有兔子吧。那只玉兔儿不是山料，是籽料。因为籽料上面有皮色，皮色在雕琢时还恰到好处地变成了巧色，就使玉兔儿成了全世界独一无二的孤品。更重要的是，我妻子是属兔儿的，我找来找去，找到了一只玉兔儿，没有比送她玉兔儿更合适的了。当然，这样的玉件有些贵，已不是我的工资所能衡量，得动用储蓄才行。我不怕贵，贵了，才显得宝贵，贵重，才更有保存和佩戴价值。于是，我毅然把玉兔儿收入囊中。

说不定一辈子只到和田一次，我不能太亏待自己，也应该买块玉作纪念吧。我接着买了三枚平安扣儿，打算留给自己一枚，另两枚分别送给外孙女和刚出生不久的孙子。

妻子对玉兔儿的喜爱自不待言，爱到有些舍不得戴，一怕丢失，二怕别人眼热，只在过年过节或有重要活动的时候才戴一下。对于妻子的玉兔儿，我就不多说了，这次主要说说我的平安扣儿失而复得、"平安"归来的过程。

回到北京后，我去商场卖玉的柜台让人家给平安扣儿拴上紫红的丝绳，就戴在脖子上了。我听人说过，玉养人，人养玉，人玉互养，久而久之，人才会有玉精神，玉才会越来越温润。那么好吧，从此以后，我就把平安扣儿贴肤带在身上，再也不分离。在北京的时候，不管是在家写作,还是外出锻炼身体,或到澡堂洗澡,我都会把平安扣儿带在身上。特别是到外地出差需要坐飞机时,我更是提醒自己,千万别忘记把平安扣儿戴上。我不是一个迷信的人,但人活在多种理念中,总会心存一些理念。有些理念在我的头脑里萦绕的时间长了,就会变成一种信念,参与我的生活。比如平安扣儿,它被赋予的理念是平安,是保佑人的平安。人生一世,谁不想一辈子平平安安呢!既然平安扣儿有着平安的意思,戴上又不费事,不碍事,何必不戴呢!每一次从外地平安归来,我都感念其中应有平安扣儿的功劳,对平安扣儿的爱戴又增加了几分。

  有一次,我在北京郊区的怀柔创作室写东西,回到城里的家时,发现平安扣儿没有带回,顿感脖子里空落落的。我相信平安扣儿没有丢失,很有可能落在创作室卧室里的床头柜上了。为避免睡觉时挂平安扣儿的丝绳缠脖子,睡觉前我习惯把平安扣儿取下来,放在床头柜的柜面上。床头柜的柜面是漆黑色,平安扣儿放在上面如一朵雪,格外显眼。尽管我坚信平安扣儿不会丢,但一天不见,一天不戴,我觉得像是少点儿什么,心里还是不踏实。再来到创作室,我大步上楼,二事不干,马上去卧室找我的平安扣儿。怪事,床头柜的漆黑柜面空空如也,哪里有我的"一朵雪"呢!在我的想象里,"一朵雪"亮亮地在柜面上放着,我几乎把想象固定下来。在柜面上看不见"一朵雪",这就超出了我的想象。"一朵雪"又不会融化掉,它到底到哪里去了呢?我一着急,头上的汗都出来了。在我的想象断片之际,一扭头,竟然发现平安扣儿在卧室一角的衣架上挂着。天哪,你怎么跑到这上面来了?你是要荡秋千吗!我急得什么似的,你怎么一声都不吭呢!平安扣儿玉容玉面,仍平静如初,仿佛在说:不用着急,我这不是好好的嘛,不是一直在等你嘛!我赶紧把平安扣儿取下来,在手里摩挲了一会儿,戴在脖子里。我让平安扣儿紧贴我的胸口,对它说:我的胸口是温暖的,总比在金属的衣架上好一些吧，你今后不要再离开我了。

这次把平安扣儿落在自己的创作室里，因我确信不会丢，加上很快就找到了，谈不上是失。但是，当我把平安扣儿重新紧紧攥在手心里那一刻，失而复得的感觉和欣喜还是有一些的。到再次把平安扣儿长时间丢失在外地，当我失魂落魄似的对平安扣儿的思念愈来愈深，当我对找到平安扣儿已不抱什么希望，当我对余生能否平安感到焦虑的时候，谢天谢地，谢神谢灵，我的平安扣儿竟奇迹般地回到了我心口儿。真的，我不记得以前在我身上发生过什么奇迹，平安扣儿的失而复得，无疑是我人生过程中的一个奇迹。这次的失，是真正的失，这次的得，也是真正的得。失而复得的感觉是那样强烈，失而复得的欣喜堪称异常。人世间现成的文章总是很少，不少文章是勉强为之。而我的平安扣儿失而复得的过程，就是一篇现成的文章。如不把文章写出来，我会觉得愧对平安扣儿，愧对朋友，也对不起自己。

时间是2020年，这年9月，作家出版社为我出了新的长篇小说《女工绘》。当年11月中旬，郑州一家名为松社书店的社长，邀我去书店跟读者聊聊这本书。到河南参加完一系列活动回到北京，晚上睡觉时，一摸脖子是空的，没有了平安扣儿。我的第一个念头是，坏了，平安扣儿一定是落在郑州的酒店了。有一种可能是，我睡觉时把平安扣儿取下来，随手放在枕头下面了。第二天起床时，匆忙中没有看见平安扣儿，就把平安扣儿落下了。但我不敢肯定，也没有任何证据可以证明，平安扣儿就是落在了酒店房间的枕头下面。有心给酒店前台的值班人员发一条短信，让值班人员问一下打扫房间的服务员，捡到一枚平安扣儿没有？可我没有值班人员的电话，连酒店的名字都没有记住，到哪里去问呢！紧接着，我先到广州参加一个国际读书活动，后又到泉州参加"茅台杯"《小说选刊》奖颁奖典礼，就暂且把平安扣的事儿放下了。

有些事情可以放下，有些事情是放不下的，正可谓可以从眉头放下，从心头却放不下。夜晚在家里一躺到床上休息，我就会想起平安扣儿。因为我睡觉时，有时愿意把平安扣儿攥在右手的手心里。人一旦入睡，失去了自主意识，就不再能控制自己的身体。我以为自己睡熟后，攥平安扣儿的手会自动松开，任手中的玉自行掉在被窝儿里。让人感到不可思议的是，我把玉攥在手里，睡一觉醒来，再睡一觉醒来，玉都在我手里攥着。玉自身并不带暖度，但在我手心里焐得热乎乎的，似乎比我的手心都热。我想，当我们手里没有什么东西可攥的时候，我们的手自然是松开的。而当我们手里有心爱的东西可攥的时候，连在下意识的情况下，我们的手都会对爱之物保持着爱不释手的状态。我的玉丢失了，睡觉时手里没什么可攥，手就成了空手。手里一空，心里也跟着空。

　　思玉心切，我开始怀疑自己的记忆力。我怀疑自己去郑州时没戴平安扣儿，而是把平安扣儿忘在了家里。有了这样的怀疑，我开始在我的床上彻底翻找。我拿开枕头，掀开被子，揭去床单，卷起褥子，连席梦思床垫都掀了起来，把我的床翻了个底朝天。我这样做，说来有些可笑，我模仿的是我的一篇短篇小说里面人物的作为。那篇小说的题目叫《羊脂玉》，是写一位女士在和情人幽会时，把自己所佩戴的平安扣儿落在了别人家的床缝儿里。而那枚平安扣儿是女士的母亲传给女士的，如果平安扣儿丢失，对母亲实在不好交代。若干年后，等女士的情人千方百计终于帮女士找到那枚平安扣儿时，女士却泣不成声，因为女士的母亲已经去世了。作为一篇小说，里面的人物和故事情节当然是虚构的。我作为虚构之物的作者，竟然模仿小说中的人物动作寻找自己的平安扣儿，这不是可笑是什么！这不仅仅是可笑，简直是有些迷乱和颠狂。

　　我敢肯定的是，那枚羊脂玉质的平安扣儿还在这个世界上存在着，

拾柴火　｜　101

它既没有飞上天空，也没有埋入地下，更没有化掉，一切圆润如初，一切美丽动人。只是我看不见它而已，它不在我手心里而已。平安扣儿啊，我的平安扣儿，你一切都平安吧，你到底在哪里呢？

对平安扣儿昼思夜想想多了，我思绪不断，有时会想到人和物质的关系。人活在世上，一辈子不知会消耗掉多少物质。如果把一个人一生所消耗的物质重量换算成人体的重量，恐怕相当于数万倍人体的重量都不止。但世界上有些物质不是用来消耗的，而是用来保存的，用来收藏的，用来审美的，用来陪伴人的。它们本质上所起的作用已不再是物质的作用，而是精神上的作用。比如一些金品、银品、石雕和玉器等，它们所体现的精神、情感和艺术价值，往往会超越物质的价值。然而遗憾的是，很多人一辈子都没有保存一件物品，没有一件东西终生陪伴自己，走后也没有给后人留下任何可供怀念的物质线索。比如说，我母亲当过县里的劳动模范，获得过一枚精致的铜质奖章。母亲本来是要把奖章作为一种荣誉永久保存的，但不知什么时候就不见了，奖章的丢失成为我们家的不解之谜。比如我大姐出生时，父母曾在银匠炉上为大姐定制了一只带银锁的白银项圈。我在我们家堂屋的后墙上曾看见过那只高高挂起的项圈，项圈银光闪闪，精美无比，大姐很是喜欢。但到了1960年困难时期，为了换一点吃的，父母就把大姐的项圈卖掉了。再比如，平顶山煤矿的朋友曾送我一支派克牌的金笔，那支金笔我使用了将近二十年，用它写出了几百万字的小说和散文。我对那支笔已有了感恩之情，以为它会一直伴随着我，助我写出更多文章。不承想，有一次我到山东的兖州煤矿参加文学活动，竟把那支笔丢失在火车的行李架上。我之所以记得这么清楚，是我上车时把装了金笔和笔记本的挎包放在了头顶的行李架上，我没把挎包口的拉锁拉上，下车时也没检查金笔是否还在，等我到活动现场需要做笔记时，才发现金笔不见了。我虽然想到了那支笔很可能落在了行李架上，可火车不等人，早就跑远了。这让我惋惜不已，甚至有些懊恼，觉得自己对那支笔爱护不够，对不起那支陪伴了我那么多年的派克金笔。

我的平安扣儿难道和我的派克笔一样，从此再也见不到了吗，真让人心有不甘哪！我有一位作家朋友叫王祥夫，他曾看见过我所佩戴的平安扣儿，他一看有些看不上，说我的玉是一块新玉，他要送给我一块古玉。在2021年春节前夕，祥夫果然如诺从大同把一枚古玉环快递给我。他在微信里告诉我，玉环是西周时期的，上面的纹饰是龙纹，还有老裂和沁色，玉质和砣工都是一流，嘱我贴身佩戴。收到玉环，我反复欣赏之后，去商场拴上深色的丝绳，就贴身佩戴上了。

有了古色古香的玉环可以佩戴，是不是就可以代替那枚丢失的平安扣儿呢？是不是从此就可以把那枚平安扣儿忘在脑后呢？不是的，仿佛每个人都不一样，谁都不能代替谁，每块玉也都不一样，古玉也不能代替新玉。虽说平安扣儿和玉环都是圆的，中间都有圆孔，形状有些相似，但它们各有来历，各有特色，同样不能互相代替。相反，天下美玉是一家，有了玉环和平安扣儿的玉玉相连，每看到玉环，以玉环为引子，我都会联想到平安扣儿。有一次做梦，我竟然梦到了平安扣儿。有人指着我的平安扣儿说，什么平安扣儿，不就是一块奶油巧克力嘛！是吗？我把平安扣儿放在牙上一咬，平安扣儿果然是软的，咬得满嘴巧克力味儿。醒来后，我把玉环抓在手里，心里想的却是平安扣儿。我想到，我想平安扣儿，平安扣儿似乎也在想我，平安扣儿像是在对我说：你怎么不找找我，难道我们这一辈子都没有再见面的机会了吗！

是梦想提醒了我，催促了我，好吧，那我就找一下试试。我想起我留有松社书店刘社长的微信号，就给他发了一条微信：刘社长您好，我去年在郑州参加松社书店的活动期间，可能把我的平安扣儿落在酒店的房间里了。此物是我在新疆和田买的，已贴身戴了将近十年。本想算了，不问了，但梦绕魂牵，老是不能忘怀。请您问一下酒店的值班人员，看打扫房间的服务员捡到没有？交到前台没有？要是没有，我就放下了。我到郑州住进酒店的时间是 2020 年 11 月 15 日，给刘社长发微信的时间是 2021 年的 4 月 18 日，时间已经过去了五个多月。刘社长收到微信惊得啊了一下，说您怎么才讲，过去这么长时间，现在再找恐怕难度很大了。您可真沉得住气。我说找到找不到都没关系，只管试试吧！是刘社长给我安排的酒店，他记得酒店的名字叫华途艺术酒店。他马上与酒店的值班人员联系，很快就把我的平安扣儿找到了，并拍了照片发给我看，问我：是这个吗？我一看，可把我高兴坏了！我回复：正是它。失而复得，久别重逢，太好了，让人感激涕零啊！刘社长说：玉是通灵的，您念叨玉，玉感应到了，就该回家了。

　　从照片上看，平安扣儿被装进一只小小的透明塑料袋里，塑料袋里除装有完好的平安扣儿，还有一张粉红色的纸片，上面标注的是捡到平安扣儿的时间和房间号。不难想象，一枚扣子大小的平安扣儿，从捡拾，到登记，再到收存，几个月时间，不知经过了多少人的手。他们都能理解失玉者的心情，都希望平安扣儿能够早一天物归原主。该怎样评价他们的文明水准、无私精神和道德品质呢，恐怕只能拿玉来做比吧！这件事看似一件微不足道的小事，但放在大的历史背景下思考，它的意义并不小。当晚由于激动，我思考得多一些，以至迟迟不能入睡。

　　只过了一天，刘社长便以"顺丰速递"的形式，把平安扣儿递给了我。平安扣儿不像我那么激动，它玉容玉面，平平静静，仍和从前一模一样，一句话都不说。平安扣儿是从昆仑山下来的，还在原料时期，它就已经在山里修炼了亿万年，其来历和未来当然非我们这些人世上的匆匆过客可比。

回过头来，我翻看了一下以前的日记，日记里所记录的买平安扣儿的时间是 2011 年 5 月 26 日。买到平安扣儿的当晚，我还写了八句顺口溜发给妻子看。顺口溜的最后四句是：放下一汪水，拈起一片云；不言品自高，立身当如君。这样屈指算来，这枚平安扣儿属于我已超过十年。我衷心忻愿，平安扣儿再也不要离开我，陪伴我走完人生的全过程。

2021 年 6 月 1 日（儿童节）至 6 月 9 日
（当年高考的最后一天），于怀柔翰高文创园

蝈 蝈

有一种昆虫,在我们河南叫蚰子,雌的叫老母蚰,雄的叫老叫蚰。到了北京,蚰子就不叫蚰子了,虫字边搭一个国,叫蝈蝈。蚰子的叫声与蝈蝈这两个字的发音毫无相似之处,我不明白为什么把蚰子叫成蝈蝈。

蚰子与夏季的庄稼和野草伴生,庄稼长起来了,野草发出来了,蚰子就出生了,哪里有庄稼和野草,哪里就有蚰子蹦蹦跳跳的身影。在我小时候的记忆里,我们老家的蚰子很多很多,恐怕要比村子里的人口多成千上万倍,人只要一走出村子,扑面而来的就是蚰子的叫声。如果把蚰子的叫声编成一个小曲儿:东地里吱吱,西地里吱吱;南地里吱吱,北地里吱吱,满地里吱吱,依呀依呀嗨。蚰子不仅在赤日炎炎的白天叫,阵阵声浪高过了热浪,在月光下的夜晚,蚰子们叫得更欢畅,遍地的鸣叫差不多能把月亮邀下来。有一天夜晚,我去邻村看完电影回家,蚰子洪大的叫声好像一路都在哄抬着我,不想让它们哄抬都不行。我向土路两边的庄稼地里看了一下,见月光下的蚰子们纷纷爬到庄稼棵子的梢头，在高处尽情高歌。听大人们说，蛐子们之所以在夜晚爬得那么高，是为了方便喝露水。它们唱一会儿，喝点儿露水润润嗓子，唱出的歌声就更加嘹亮。

  大人的话蒙不了我，我很小的时候就到野地里逮蛐子玩，知道蛐子没有嗓子，它们的叫声不是从嘴里发出来的，是从背上发出来的。蛐子的背上有两块鞍子样的东西，每块鞍子中间都有一个小小镜片，镜片上下叠加，互相快速摩擦，就发出了声响。除了蛐子，还有一种叫蛐蛐的昆虫，同样也是通过摩擦背上的镜片发出声响。比起蛐子，蛐蛐的叫声只能算是低吟浅唱，就洪亮度而言，比蛐子差远了。别的被统称为蚂蚱的昆虫，种类也很多，大大小小，长长短短，花花绿绿，多得数不清。那些蚂蚱都不会叫，顶多只会佳佳地打打翅膀，在同类之间互相传递一下信息。

  蛐子中会叫的只有老叫蛐，老母蛐不会叫，一辈子都不会叫一声。老母蛐背上没有镜片，尾部却长了一根尾巴。尾巴长长的，翘翘的，尖尖的，通体闪着古铜色的光亮，酷似一把刚出鞘的利剑。老母蛐的尾巴是干什么用的呢？是产子儿用的。比如一些老母蛐生活在大豆地里，大豆的豆角子饱满了，它们肚子里子儿也成熟了。老母蛐看到哪里有一道地缝，便把"利剑"插进地缝里，让肚子里的子儿顺利地产进地下的温床里。就算地上没缝子也不怕，老母蛐会利用它的"利剑"，在地上开凿一个缝子，把子儿产进去，完成繁衍后代的使命。蛐子的生命短暂，只有一个夏季和初秋。在短短的时间内，老叫蛐和老母蛐分工明确，老叫蛐的一生用来鸣叫和求偶，老母蛐的一生则用来交配和产子儿。

  我还是一个农村少年的时候，每年都会在夏末和秋初，去野地里逮蛐子。我钻进庄稼地里，或草稞子里，轻轻扒开庄稼的叶子和密集的草茎，瞪大眼睛，寻觅藏在青纱帐里的蛐子。蛐子的颜色有着天生的保护色，庄稼和野草颜色是绿的，它们身体的颜色也是绿的，绿得彻头彻尾，几乎和绿色的环境融为一体，要捉到一只蛐子并不是很容易。不过这难不倒馋嘴的和眼睛好使的我，看到草茎上爬着一只老母蛐，我伸手就把它的脖子捏住了。看到一片豆叶的背面藏着一只老母蛐，我伸手连同豆叶一起把老母蛐抓在手里。也发生过老母蛐咬我手指的情况，但不等老母蛐把我的手指咬破，我就把它制服了。是的，我不逮老叫蛐，只逮老母蛐。老叫蛐腹内空空，没什么内容。老母蛐大腹便便，肚子里装满了油和子儿。我逮到的老母蛐，都是用柔韧的淮草的草茎穿起来，差不多每次都能逮到一串子几十只老母蛐。我把老母蛐提溜回家，放进刚做过饭的灶膛里的柴草灰里一烧，或者在铁锅里放点盐一炒，把肚子变硬的老母蛐剥开来看，里面是一包黄朗朗的油脂和栗色的长条形状的子儿。放在牙上一咬，那些子儿咯崩咯崩响，哎呀真香真香，恐怕能把人的大牙香掉。

逮老叫蛐的人还是有的，村里有一位堂叔，他在初秋的红薯地里瞅来瞅去，专门逮老叫蛐。他不逮老得有些发紫的老叫蛐，而是挑选新生的、有发展前途的老叫蛐，才收入特制的蛐葫芦中。蛐葫芦小小的，圆圆的，稍稍有一点扁，它不是给人当菜吃的，仿佛生来就是给蛐子预备的。堂叔从葫芦架上摘下一只形状极佳的白得发亮的蛐葫芦，放在窗台上晾，晾得蛐葫芦表面出现金子一样颜色和光泽，他才开始对蛐葫芦进行细细加工。他用刻刀在蛐葫芦上方刻下一个圆形的、周边留有狗牙子的顶盖，取下顶盖，掏出蛐葫芦里面的瓢子和葫芦籽儿，使里面有足够的活动空间，就可以把蛐子放进去了。堂叔并没有把顶盖丢掉，而是把蛐葫芦底部打了两个小孔，把顶盖上也打了两个相应的小孔，用一根丝线兜底从蛐葫芦里穿上来，穿过顶盖的小孔，使蛐葫芦与顶盖联系起来。这样一来，周边带狗牙子的顶盖，可以以丝线为轴上下自由滑动，需要盖上盖儿时，就把顶盖儿滑下来，盖得严丝合缝。需要给蚰子喂食时,就把顶盖打开。这样的蚰葫芦,在还没装进蚰子之前,就称得上是一件精美的工艺品。

我看见过堂叔喂他的蚰子,他挑最嫩的白菜芯儿,撕成小片,轻轻放进蚰葫芦里。有一次往蚰葫芦里放白菜芯儿时,碰到了蚰子,蚰子吱地叫了一声。堂叔的样子似有些抱歉,连说没事儿,没事儿,我不是故意的。有了特殊待遇的蚰子,生命得到了延长,可以活到冬天。到了冬天,堂叔天天把蚰葫芦藏在贴胸的怀里,走到哪里带到哪里。蚰子没有辜负堂叔的期望。不管堂叔走到哪里,哪里都会传出蚰子的叫声。特别是到了下雪天,在雪落土地静无声的时候,蚰子叫得更嘹亮,持续的时间更长。有一回,堂叔在村街的雪地里走,我在我们家的堂屋里愣神,隔着好远,我都听到了蚰子奇迹般的叫声。

上个世纪的七十年代末期,我从河南的煤矿调到北京工作。到北京后,我知道了蚰子不叫蚰子,叫蝈蝈。蝈蝈就蝈蝈吧,小东西完全是一样的,只是叫法不同而已。人既然来到了城市,城里没有庄稼地,也没有野草坡,恐怕再也见不到蝈蝈的身影了,既尝不到母蝈蝈的美味,也听不到公蝈蝈的叫声。

让我意想不到的是,有一年夏天我中午骑自行车回家,忽然听到一阵我熟悉的声音。我扭头一瞅,见街角立着一位头戴草帽农民模样的人,他旁边放着一辆自行车,自行车的后座上驮着一大坨鼓鼓囊囊的东西,叫声就是从那里发出来的。我听出来了,那叫声是久违的蝈蝈的叫声。为蝈蝈的叫声所吸引,我下了自行车,推着车来到那个农民的自行车旁边,探头向那些蝈蝈瞅去。蝈蝈被分别装进那些用高粱篾子编成的小小笼子里,笼子被细铁丝串联在一起,笼子大约有一百多个,蝈蝈大约有一百多只。隔着笼子的方形窟窿眼儿,我看见了不少蝈蝈都在阳光的照耀下振翅鸣叫。如此一来,蝈蝈就不再是独唱,而是合唱,像在大平原的庄稼地里合唱一样,有着气势磅礴、震撼人心的效果。农民问我要不要买一只,我问他多少钱一只,他说两块钱。我说不贵,让他给我挑一只叫得欢的蝈蝈卖给我。农民说每一只都叫得很欢,都是好样的。他用剪刀剪开一只蝈蝈笼子上的一根高粱篾子,把蝈蝈笼子从铁丝上取下来,又在笼子上拴了一截事先准备好的塑料绳,才提溜着把蝈蝈笼子递给我。

从那一年夏天开始,我们家里也有了蝈蝈,我下班一回到家,就能听到蝈蝈的叫声。每天晚上,我听着蝈蝈的叫声入睡。每天一大早,我听着蝈蝈的叫声醒来。北京许多人家喜欢养宠物,他们养的宠物是猫,是狗,是鹩哥等。而我们家养的蝈蝈,就是我们家的宠物。为了能让蝈蝈呼吸到新鲜空气,我把蝈蝈笼子挂到阳台上通风的地方。我每天都给蝈蝈喂新鲜蔬菜,有时为了给蝈蝈改善生活,我还从外面掐来刚开的、嫩黄的丝瓜花和倭瓜花给它吃。听别人说,也可以给蝈蝈喂辣椒吃,因辣椒有辣味,蝈蝈吃了辣椒,受到刺激,会叫得更兴奋。我从没有给蝈蝈喂过辣椒,我觉得那样做对蝈蝈是一个折磨,不是爱惜宠物的做法。

妻子很支持我在家里养蝈蝈,有一年夏天,我还没有看到卖蝈蝈的农民进城,妻子先看到了,她马上就买了一只蝈蝈带回家。妻子跟她的同事说起来,有的同事不赞成她在家里养蝈蝈,说那不是引进噪音嘛!妻子解释说,蝈蝈的叫声不是噪音,那是大自然的声音,是天籁之音,很好听的。

在北京定居后,我几乎每年都回河南老家。在老家得知,我们那里没有了蛐子。因种庄稼之前先用农药拌种,庄稼生长期间还要用农药喷洒,就把蛐子统统杀死了。不光把蛐子杀死了,所有蚂蚱类的昆虫都不存在了。农药的普遍使用,使夏天的田野变成单调的状态,万籁俱寂的状态。这样好吗?人类的生存,一定要以牺牲别的生物物种为代价吗?这是不是有点儿悲哀呢!

好在北京还有卖蝈蝈的，在夏天的北京城里，还能听到蝈蝈的叫声。我注意到，那些进城卖蝈蝈的农民没有固定的地方，都是骑着自行车在城里的大街小巷转来转去。在我看来，驮在他们自行车后面的像是一支蝈蝈合唱团，自行车就是合唱团的流动舞台，舞台流动到哪里，蝈蝈们嘹亮的大合唱的歌声就响到哪里。在高楼林立的现代化的大都市里，应该说这是一道独特的亮丽的风景。

有一次，我见进城卖蝈蝈的是一位年轻妇女，就过去一边挑蝈蝈、买蝈蝈，一边跟她聊了几句。聊中得知，她是从河北易县的山区来的，夜里两点出发往城里赶，要骑车四五个钟头才能赶到城里。事先要一个一个编笼子，到山里一只一只逮蝈蝈，每一只蝈蝈来得都不容易。我说易县我去过，那是清西陵所在地。她说黄帝陵在那里瞎搭了，老百姓还是缺钱花，不然的话，谁费劲巴力地到城里卖蝈蝈呢！我问他们那里的庄稼地里不打药吗？她说也打，只是山里的荒草地里不打药，他们逮蝈蝈只能到山里去逮。现在山里的蝈蝈越来越少，他们全家出动，逮了两天，才逮了这么多蝈蝈。听了妇女的话，尽管蝈蝈涨价了，已经从两块钱一只涨到十块钱一只，我还是毫不犹豫地买了一只。

有一年我过生日，女儿送给我的生日礼物就是一只蝈蝈。那只蝈蝈有着超强的生命力，它不仅活过了冬天，在春节期间，我还听到了它的歌声。那只蝈蝈之所以活的时间这么长，妻子后来告诉我一个秘密，说她喂蝈蝈吃了肉。她偶尔发现，蝈蝈不但爱吃青菜，吃肉肠吃得也很香。因为给这只蝈蝈格外增加了营养，所以它才能跟我们一块儿欢度春节。

我是一个喜欢写短篇小说的人，听着蝈蝈的叫声，有一天我突发奇想，觉得笼子和笼子里的蝈蝈很像是一篇短篇小说，笼子是短篇小说的形式，笼子里的蝈蝈是短篇小说的内容。用高粱篾子编的金色的笼子是来自自然，绿色的蝈蝈也是来自自然。它们之间的结合，仍是自然与自然的结合，只不过是经过加工而已，是改变一下呈现的环境和方式而已。尽管蝈蝈被装进了空间容积有限的笼子里，尽管蝈蝈连同笼子一起被运到城里，并进入市民的消费环节，但人们只要一听到蝈蝈的叫声，就会产生无尽的想象，想到广袤的土地，苍茫的原野，连绵的群山，蜿蜒的河流，还有阳光下的庄稼，月光下的荒草，变得心思渺远，心胸开阔。还有一点也很重要，蝈蝈笼子的四面八方都开有窟窿眼儿，笼子是透气的状态，是八面来风的状态，而不是封闭的状态。这与短篇小说的构成颇有相似之处。短篇小说虽自成一体，却开有门窗。透过窗，我们也许可以看到"千秋雪"，通过门，我们也许可以望到"万里船"。我的奇想也许是瞎想，但蝈蝈的确这样启示过我。

可能因为受到新冠疫情的限制，至自2020年以来，两年多过去了，我再也没看到进城卖蝈蝈的农民。有些事情一旦中断，再接续起来总是很难。我悲观地想，从今以后可能再也见不到蝈蝈了。

2022年2月10日（正月初十）至2月16（正月十六）
月圆之时，于北京光熙家园

放炮和拾炮

从 1951 年到 1970 年,我在河南老家的农村长到 19 岁,在农村经历了一个未成年人到成年人的全部成长过程。这个过程使我记住了许许多多、大大小小难忘的事情,如果写所谓成长小说的话,有些事情也许能派上用场。特别是每年都有一系列节日,如春节、元宵节、端午节、中秋节、重阳节,还有妇女节、劳动节、儿童节、国庆节等。每个节日都是一个节点,也是一个记忆点。节点里的记忆总是比较丰富,也更容易被唤起。可回想起来,我极少写有关节日的应时应景的东西。我觉得写那样的东西是一个热闹,别人写我不反对,自己就不必凑那个热闹了。

倒是一些已经消失的东西,不时回流般地涌向心头,引发我书写的兴致。像以前过年时的放炮和拾炮,回忆起来历历在目,就很有意趣。

先说放炮。在我们老家,过年时有四样东西必须买,一是柏壳子香,二是黄表纸,三是红蜡烛,四是炮仗。烧香敬神灵,点纸祭祖宗。

闪闪的烛光是为了增加室内的明亮度，烘托过年的喜庆气氛。那么放炮呢，则是为了驱除邪魔，庆贺新春，也有对外宣告的意思，宣告一家人的平安。

我们那里把赶年集购买过年用的物品说成办年货，自从我父亲去世后，每年办年货都由我母亲负责。对于母亲办不办别的年货，包括割不割肉，买不买鱼，我都不是很关心，我最关心的是看母亲买炮没有。因为继父亲之后，作为家里的长子，过年放炮的重要任务就交由我来执行。这似乎是由来已久的家族文化赋予我的一项特权，在兄弟姐妹当中，只有我可以行使这项权利。人心渐慌，年味渐浓，每年的祭灶节之前，母亲就及时把炮买了回来。母亲从竹篮子里取出炮，对我说了一声炮买回来了，就把炮放进了三屉桌的一个抽屉里。我看见了，母亲所买的炮的品种和数量与往年是一样的，一挂鞭炮和一盘散炮，鞭炮是五十头，散炮是三十枚。不管是鞭炮还是散炮，每个炮外面都包有一层薄薄的红纸炮皮，看上去红红火火。

趁母亲不在家时，我把那盘散炮拿出来，放在鼻子前闻了闻。散炮既不是糕点，也不是煮熟的羊肉，有什么好闻的呢？可我就是喜欢闻，我闻到的是火药的香味，还似乎闻到了爆炸般的年味，让人兴奋。我承认我爱放炮，但我并不懂大人们所赋予的过年放炮的多重仪式般的意义，只是爱听响儿而已，只是觉得放炮好玩儿而已。这好比我在春来时吹柳笛，或在夏天用泥巴摔"哇呜"，都是为了闹出一点儿动静，发出一点儿声响。相比吹柳笛和摔"哇呜"，放炮发出的响声更干脆，也更具震撼力。

堂叔是生产队的队长，他们家住在我们家隔壁。我注意到，堂叔家每年买回的炮都比我们家多一些，鞭炮至少有一百头，散炮估计有五十枚。特别让人眼热的是，堂叔每年都要买三门大坠子。大坠子腰粗体壮，以一当十，威风凛凛，十分霸气。一般的散炮，炮顶只栽一根捻子，而大坠子呢，每门炮的炮顶都栽有三根捻子。大坠子也叫开门炮，是堂叔家专门为大年初一起五更时放开门炮预备的。我也很想拥有三门开门炮，可我从未向母亲提过买大坠子的要求，我知道我们家的经济状况跟堂叔家没法比，大坠子比较贵，我们家买不起。更主要的是，堂叔家有堂叔，我们家没有了父亲。我虽说可以顶替父亲放开门炮，而我离一个真正意义上的父亲还差得很远很远。

这年的大年初一还不到五更，堂叔放的第一声开门炮就把我震醒了。炮声惊天动地，好像比夏天打的炸雷还响。我们家糊了纸的窗户被震得哗哗响，连我们家睡满了人的大床也被震得颤动了一下。不用说，母亲和我们兄弟姐妹都醒了，大家动了一下，谁都没有说话。我相信，堂叔放的开门炮，不仅我们家的人听见了，全村的人都会听得见。在不过年的时候，当队长的堂叔每天一大早都会打上工铃，铃声一响，社员们就得开门上工。堂叔在过年时率先放响的开门炮，所起的也有"开门"的作用。

等堂叔所放的三声炮全都响过，我才摸索着穿衣起床，履行为我们家放开门炮的义务。年初一月亮隐退，天总是很黑，黑得连窗户都看不见。好在我像熟悉我的手指一样熟悉我们家的各个角落，只要能摸到自己的手指，就能摸到放在抽屉里的炮。我不放没准备的炮，在除夕之夜，当母亲把蜡烛点燃的时候，我就悄悄地把第二天五更要放的开门炮准备好了。我们那里卖的小拇指般粗细的散炮，炮顶所栽的炮捻子本来就短，炮捻子又向下窝了一个鼻子，显得更短。这样的小炮放在地上站立不住，只能拿在手里点，等把炮捻子点燃后，得赶快把炮扔掉。因窝成鼻子的炮捻子太短了，刚把炮捻子点燃，整个炮就有可能在手里炸响，那就太危险了。我的办法是提前把炮捻子的鼻子揪开，使炮捻子变得稍长一些，这样点起来就方便了，而且会延长一点炮响的时间，不致让炮炸在自己手里。我擦亮火柴，点燃一根香，把要放的开门炮装进口袋里,就开始到门外放开门炮。我用香火把炮捻子点燃后,不是把炮扔在地上,而是抛向空中。当炮捻子在上升过程中闪过一道细碎的火花,炮随即在夜空中炸响。炮炸响时开放的是一朵大花,有漆黑的夜空衬底,辐射状的花儿开得格外明亮。我放的开门炮声响不是那么洪大,比堂叔放的大坠子差远了,但一点儿都不影响我高兴的心情。我时常想吼一嗓子,不管我怎么吼,都不如炮的响声大,响声脆,可以说我放炮发出的响声代表了我的心声。我把开门炮连续放过三声,全家人就可以起床了,对新的春天正式敞开了大门。

在放开门炮时,我有一个秘密,这个秘密我以前从没对人说过,连对母亲都没说过。什么秘密呢?是我放开门炮时,多了一个心眼儿,口袋里不只装了三枚炮,而是五枚炮。这是为什么呢?因为我想到,人有哑人,炮也有哑炮,我担心只预备三枚炮,不一定都能放响,必须多预备两枚。倘若规定的三声开门炮只响了两声,或一声,那就不好了,意味着开门开得不够圆满,还会给人以流年不顺利和不吉祥的感觉。多预备两枚炮就好了,就算先放的三枚炮中有一枚或两枚是哑炮,自己悄悄补上就行了。实践证明,我的担心并非多余。有一年我放开门炮时,有一枚炮被我点燃扔向夜空后并没有炸响,而是哑头哑脑地掉在了地上。我不敢有半点儿迟顿,赶紧掏出一枚备用的炮放响,才凑够了三声炮。我们的写作,有时也是自我揭秘的过程。通过写这篇文章,我终于有机会把这个在心底埋藏了几十年的秘密公之于众。

放鞭炮是在五更开始吃饺子之前。我们那里过的是素年,饺子里包的是豆腐丁、萝卜泥、碎粉条等素馅儿。母亲把饺子煮得了,家人却不能马上吃,要在烛光的照耀下点香、烧纸、放鞭炮,并把第一碗饺子摆到供桌上。等这一系列程序完成后,家里人才能端起碗来吃带汤的水饺儿。我不爱吃素饺子,对放鞭炮更感兴趣。我把那挂鞭炮挂在我们家门前那棵石榴树的枝丫上,用香火把鞭炮下面编成小辫子的炮捻子点燃。一挂鞭炮才五十头,还不如一棵豆子上结的豆角子多,不如一根芝麻秆子上结的芝麻蒴子多,还没怎么放呢就完了,一点儿都不过瘾。把炮放响后,我想数一数,比一比是我数数儿数得快,还是炮响得快。结果,我还没有数到十,五十头鞭炮已响完了。炮屑像夏天石榴花的花瓣一样落在地上。

再说拾炮。拾炮主要是流行在小孩子们之间的一种活动。你问小孩子过年最喜欢干什么,他们十有八九会回答最喜欢拾炮。拾炮是他们在过年期间最重要的活动,他们盼过年,很大程度上盼的是拾炮。比起过年时可以吃白馍,啃骨头,穿新衣,他们更乐意把拾炮排在第一位。若问他们为何如此热衷于拾炮,他们不一定能回答上来。我也有过少年时代在老家过年拾炮的经历,经过自我分析,我认为拾炮带给我们的快乐有双重性,既有物质性,也有精神性,而且精神性大于物质性。过年是可以吃点儿好的,穿点儿新的,这跟夏季拾麦穗、秋季拾豆子一样,所取都是物质性的意义。而拾炮的物质性价值很小,可以说微乎其微,能激发小孩子们兴趣的,主要在于它的游戏性、娱乐性和精神性价值。人类所有的狂欢都是发生在精神层面上,而不是物质层面上。

参加拾炮的大都是男孩子,极少有女孩子。民谣里说,腊八祭灶,年下来到。闺女要花儿,小子要炮。这样的民谣把闺女和小子相区别,是说闺女家过年有花儿戴就可以了,炮要留给小子们去拾。有的小闺女或许也有拾炮的想法儿,但害怕大人说她们不像小闺女的样子,就把想法儿压制住了。还有,参加拾炮的大多是少年,一旦成了青年,或曰成年人,他们就不再跑来跑去地拾炮了。如此一来,拾炮和不再拾炮仿佛成了少年和青年的一个分界线,你不再拾炮了,就表明你不是小孩子了,已经是大人了。

刚过祭灶小年，村子里的小子们就开始兴奋起来，一碰面就互相摩拳，说拾炮、拾炮，并自觉地为拾炮做准备工作。我们那里杀年猪不吃猪蹄子，都是把猪蹄子剁下来，扔进粪窑子里。准备拾炮的小孩子把猪蹄子拣起来了，用秤砣把猪蹄子上的蹄甲子砸下来，使蹄甲子变成一只只角质的空壳。他们往空壳儿里塞进一些白色的猪油，在猪油里埋进一根用棉花搓成的捻子，就可以点燃了。这样的灯被叫成猪蹄甲子灯，灯被点燃后，猪油嗞嗞啦啦响着，会散发出一股股特殊的烤肉的焦香，让人很想把猪蹄甲子当肉吃。这样自造的灯，是他们准备在拾炮时照明用。他们买不起手电筒，只能用猪蹄甲子灯代替。同时，他们还注意观察和打听村里各家各户的买炮情况，看看哪家买的鞭炮长，头数多，都要在心里留下一本账，到时候可以有选择性地到哪家拾炮，免得无目标地到处乱跑。

好了，大年初一的五更到了，炮声响起来了，孩子们纷纷出动了，迅速集结起来了，形成了一支不小的、生龙活虎般的队伍。听到哪家响起了炮声，他们像是听到了号令，就哇哇叫着，以冲锋的速度往那家跑。炮声不断，他们就奔跑不停，哇哇跑到西，哇哇跑到东，全村到处都是他们的欢闹声。奔跑带风，他们手持的猪蹄甲子灯早就被风吹灭了，没有任何东西为他们照明。天再黑，都影响不了他们拾炮的热情，阻挡不住他们追求快乐的脚步。有的小孩子把棉鞋跑掉了，奔跑的惯性使他又往前跑了好几步，才发现自己的鞋掉了，才停下来回头找鞋。刚在黑暗中把鞋摸到，穿上，就赶紧跑着追赶拾炮的队伍去了。有住在村外的姓普的兄弟二人，平日里因我们刘楼村刘氏大家族对外姓人的排斥，他们极少到村里来。是拾炮的开放性活动为他们提供了难得的机会，他们可以任意跑到任何一家人的院子里去。因路径不熟，有一次拾炮时，普家的弟弟一脚踏进人家的粪窑子里去了，不仅鞋壳子里灌满了水，连两条棉裤腿都湿了半截。遇到这样的意外情况，普弟弟会不会终止拾炮，回到自己家里去呢？没有，他不愿错过一年一度拾炮的机会似的，仍马不停蹄地追着拾炮的队伍跑来跑去。任何欢庆活动都离不开孩子们的参与，孩子们拾炮的欢闹声，仿佛是欢庆春节的重要组成部分，各家各户都敞开大门，欢迎孩子们去他们家拾炮。

我把鞭炮放响后，一群孩子闻声向我们家跑来。可惜我们家买的鞭炮太短了，他们刚跑到我们家的院子门口，鞭炮就响完了，地上也没有多少哑炮可拾。我觉得有些对不起那些孩子。

等到天亮，孩子们的口袋里都装有一些拾到的炮。那些炮多是哑炮，也有个别带捻儿的炮。孩子们掏出炮来互相炫耀，展示他们的拾炮成果。

父亲去世那年我九岁，按说还处在拾炮的年龄。可自从父亲去世后，我就没有再到处跑着拾炮。我把自己当成了一个大人，过早地失去了拾炮的快乐。

出于对空气质量和环境保护的要求，现在不让放炮了，不但城市不让放炮，连农村都不让放炮了。我只能通过回忆，重温一下过去的放炮和拾炮生活。

2022年1月23日至2月1日（农历虎年大年初一），于光熙家园

洗　澡

在童年和少年的记忆里，我整个冬天都不洗澡，一回都不洗，过年也不洗。冬天的水塘里结了厚厚的青冰，乡下又没有澡堂，去哪里洗澡呢？开玩笑！别说冬天了，到了秋天秋水一凉，或到了春天春水还没有发暖，我也不洗澡。也就是说，一年四季，我三个季节都不洗澡。别说洗澡，我连手和脸都很少洗。

家里的大人比较顾脸面，冬天做早饭，母亲在锅里馏馍蒸红薯时，会顺便蒸上一瓦碗清水。早上吃早饭之前，母亲把余温尚存的水倒进一只铁盆里，供家人洗脸。因水比较少，倒进铁盆里只能盖住盆底，用双手都捧不起来。母亲的办法，是把铁盆靠墙仄棱起来，把水集中在盆的一侧，这样大人们洗脸时才能把水撩起来。小孩子的脸也是脸，大人们洗过脸后，有时也会让我们小孩子洗一洗。等祖父、父亲和母亲洗过脸，铁盆里的水已变得黑乎乎的，稠嘟嘟的，而且水所剩不多，已经发凉，我们都不愿意洗。往往是，在父母的严厉催促下，我们才不得不蜻蜓点水似的把脸洗一洗。我们用手指蘸着水，只擦擦额头、鼻尖和两个脸蛋，别的地方一般都不涉及。我们这样做，像是应付父母，也像是应付自己。应付的结果，久而久之，使我们的耳朵后面，下巴底下，还有脖子里，都积攒了一层黑黑的灰垢，如表皮上面结了一层皴裂的鳞片。大人笑话我们，伸手想摸摸我们的"鳞片"。我们护痒，赶快跑开了。

　　我们在天冷的时候好几个月不洗澡，当然也不洗头。这可便宜了头发丛中的那些虱子，它们的生活不会受到任何打扰，可以自由自在地在黑色的头发上下出成串白色的虮子，并孵化出它们的子子孙孙。高兴起来，有的虱子会爬到我们头发梢的梢头，在高处把酒临风，出尽风头。

　　好了，麦子黄了，知了叫了，夏天到了，我们终于可以洗澡了。我们甩掉了鞋子，脱光了衣服，一扑进水里就舒服得嗷嗷乱叫，好像迎来了一年一度的狂欢季。在整个夏季，如果天不下雨，我们每天都会去水塘里洗澡。往往是刚吃过午饭，我们把饭碗一推，赤脚跑过村街上被太阳晒得烫烫的地皮，就成群结队地扑进村外的水塘里去了。我们把洗澡说成抹澡，我们的抹澡，一点儿都不追求什么讲卫生的意义，就是一味地玩水，在水里瞎扑腾，做游戏。我们互相往对方脸上泼水，比赛潜在水底扎猛子，玩"鱼鹰捉鱼"。我们刚下水时，吃面条吃得肚子都圆鼓鼓的，在水里扑腾上一气，两气，肚皮就瘪了下去。我们的手指头肚子先是泡胖了，接着又泡得出现麻坑，还是不愿意上岸。大人吃过午饭都要午睡，没时间管我们，我们正好可以放开手脚，把清水玩成浑水。刚开始脱光衣服下水抹澡时，因捂了一秋、一冬，又一春，我们每个人都是白孩子。我们抹澡才抹了一次，身上所有的"鳞片"就消失了，露出皮肤的本色。可是，我们连续抹澡一段时间，由于水泡、风刮、日晒，很快就变成了黑孩子。大人用指甲在我们黝黑的胳膊上划一下，马上就会出现一道白印儿。

万没有想到，我第一次真正意义上的洗澡，是发生在首都北京。1966年11月下旬，还不满15周岁的我，作为大串联的红卫兵，到北京接受毛主席的检阅。我背着棉被，与和我同村的另外三个红卫兵一起，坐了一天一夜挤满红卫兵的火车，在一个寒冷的早晨到了北京。我们被安排住在北京外语学院的红卫兵接待站里。在接待站里，负责接待和管理我们的是一位年轻的解放军现役军官。我们不知道他是哪一级军官，他把我们从火车站出站口新拉来的一卡车红卫兵编成一个排，自任排长。学院的大学生们大都到外地串联去了，学生宿舍空了下来，正好可以让我们住。我们住下后，排长没有马上安排我们吃饭，说为了表示对伟大领袖毛主席的无限敬爱，每个红卫兵必须先把个人卫生打扫一下。我们低头把自己身上穿的黑粗布棉袄和黑粗布棉裤看了看，不知道个人卫生指的是什么，也不知道怎样打扫。排长把我们领到一个地方，我们一看才明白了，打扫个人卫生指的是让我们洗澡。好嘛，好几个月没洗澡了，到北京先洗洗澡也是好的。可是，说是让我们洗澡，澡堂里却没有水塘一样的大池子，只有周边的墙壁上方，安装有一些倒挂的莲蓬头儿，水是从那里滋出来的，跟下大雨一样。我脱光了衣服，看看别人怎样拧下面水管的旋钮，我也怎么拧。长这么大，我这是第一次在冬天洗澡，第一次在室内的澡堂洗澡，第一次用热水洗澡，是三个第一次吧。澡堂里水雾腾腾，我想莲蓬里滋出来的水一定很热乎。尽管我有这样的思想预热，可当我把水管拧开，当如注的水猛地浇在我身上，我还是吓了一跳，赶紧跳开了。乖乖，这水太烫人了，这样烫皮的水，褪鸡毛还差不多，倘是连续浇在人身上，不把人皮烫掉一层才怪。旁边一个有经验的、正洗澡的人告诉我，下面两个旋钮，一个管热水，一个管凉水，要把两个旋钮都打开，把水温调节一下才能洗。他指出，我只打开了冷水管，是不能洗的。怎么，一个从没洗过热水澡的我打开的是冷水管，而不是热水管？我把手伸进莲蓬头儿里滋下来的水注里试试,可不是咋的,上面下来的水的确是冷水,冰冷冰冷的水,而不是热水。可能因为冷水对皮肤同样有刺激作用,我就误以为是热水。这就是一个第一次进城洗热水澡的土老帽儿所闹的笑话,我一辈子都不会忘记。

关于洗澡这个话题,还有什么可说的呢?不要无话搭拉话哟!没问题,还有的说。后来我参加工作后,每天都要洗澡,不想洗也得洗,哪怕把皮搓薄也要搓,好像洗澡是每天的必修课,不修就无法见人。那么我参加的是什么工作呢?告诉您吧,是当被称为"地下工作者"的煤矿工人。我们在煤窝里滚上一个班,头黑了,脸黑了,身上全黑了,连耳朵眼儿里和鼻孔里都钻进了煤,由一个黄人像是整个变成了黑人。这样的形象,我们不洗澡能行吗?怎么去食堂吃饭呢?怎么上床睡觉呢?怎么在矿区走动呢?怎么以本来面目去面对矿上的那些珍稀的女工呢?所以说,出得井来,第一要务,是一头扎进澡堂里,好好把澡洗一洗。其实洗澡也是个力气活儿,在井下干一班下来,我们累得有些精疲力尽,似乎连洗澡的力气都没有了。这时我们会洗得潦草一些,煤尘洗去了,沾在眼睑上的煤油却没有洗掉,洗完回到宿舍拿小镜子一照,眼圈还是黑的,像熊猫眼,好玩儿!尽管如此,当矿工时间长了,我们洗澡就养成了习惯,一天不洗就不得过。特别是冰天雪地的冬天,班前我们一穿上沾满煤泥的劳动布工作服,简直像穿上冰甲一样,冰得直打寒战。从穿上"冰甲"的那一刻起,我们就盼着早点儿结束一班的繁重劳动,好升井洗一个热水澡。因井下充满凶险,我们有时难免担心,今天夜里下井,到天明时不知道还有没有机会洗个热水澡。当我们从几百米深的井下出来,把身子泡进煤矿特有的大大的热水池子里,才长长地舒了一口气,仿佛又取得了一个阶段性的人生胜利。

人活着走来走去,说不定会走到哪里。我没有想到,我第一次洗热水澡是在北京,后来转来转去,竟有幸调到北京工作,成了一个在北京落脚的居民。我是1978年春天调来北京,至今已经在北京生活了四十多年。做什么事情变得比较容易,成了日常生活,就没什么可说的了。我调到北京后,先是到街道上的澡堂子里洗澡,后来在家里安装了电热水器,在家里就可以洗澡。再后来,热力厂的热水直接供应到居室的卫生间里,不管春夏秋冬,开关一开,洗浴用的热水就源源不断地流出。另外,北京的城内和郊区还建有一些温泉城,想在蓝天白云下面泡一泡露天的温泉,随时都可以去。

一路走来,好在我没有忘记过去,没有忘记少年时代一年三季洗不上澡的经历。长大后我才知道,生命来自水,水与生命相伴,生命与水有着紧密的联系。像月球、火星、木星等星球,就是因为上面没有液态水,才不能生长具有活泼生命的生物。从这个事实上说,水对人的生命的作用是决定性的,或者说水就是人,人就是水。我还从书上看到,一个人一辈子用水多少,决定着这个人的幸福指数,用水多,幸福指数就高,用水少,幸福指数就低。这个说法也许有一定道理,但不知为何,这样的说法却让我产生了警惕和忧虑,我担心它会影响人们的心理,造成用水攀比,继而造成对水的挥霍和浪费。我们还是要珍惜水,像珍惜我们自己的生命一样。

2021年10月26日于光熙家园

在夜晚的麦田里独行

已经是后半夜,我一个人在向麦田深处走。

人在沉睡,值夜的狗在沉睡,整个村庄也在沉睡,仿佛一切都归于沉静状态。麦田上空偶尔响起布谷鸟的叫声,远处的水塘间或传来一两声蛙鸣,在我听来,它们迷迷糊糊,也不清醒,像是在发癔症,说梦话。它们的"梦话"不但丝毫不能打破夜晚的沉静,反而对沉静有所点化似的,使沉静显得更加深邃,更加渺远。

刚圆又缺的月亮悄悄升了起来。月亮的亮度与我的期望相差甚远,它看上去有些发黄,还有些发红,一点儿都不清朗。我留意观察过各个季节的月亮,秋天和冬天的月亮是最亮的,夏天的月亮质量总是不尽如人意。这样的月亮也不能说没有月光,只不过它散发的月光是慵懒的,朦胧的,洒到哪里都如同罩上了一层薄雾。比如月光洒在此时的麦田里,它使麦田变成白色的模糊,我可以看到密匝匝的麦穗,但看不到麦芒。这样的月光谈不上有什么穿透力,它只洒在麦穗表面就完了,麦穗下方都是黑色的暗影。

我沿着一条田间小路，自东向西，慢慢向里边走。说是小路，在夜色里几乎看不到有什么路径。小路两侧成熟的麦子呈夹岸之势，差不多把小路占严了。我每往里走一步，不是左腿碰到了麦子，就是右腿碰到了麦子，麦子对我深夜造访似乎并不是很欢迎，它们一再阻拦我，仿佛在说：深更半夜的，你不好好睡觉，到我们这里来干什么！窄窄的小路上长满了野草，随着麦子成熟，野草有的长了毛穗，有的结了浆果，也在迅速生长，成熟。我能感觉到野草埋住了我的脚，并对我的脚有所纠缠，我等于蹚着野草，不断摆脱羁绊才能前行。面前的草丛里陡地飞起一只大鸟，在寂静的夜晚，大鸟拍打翅膀的声音显得有些响，几乎吓了我一跳，我不知不觉站立下来。我不知道大鸟飞向了何方，一道黑影一闪，不知名的大鸟就不见了。我随身带的有一支袖珍式的手电筒，我没有把手电筒打开。在夜晚的麦田里，打手电是突兀的，我不愿用电光打破麦田的宁静。

我们家的墓园就在村南的这块麦田里，白天我已经到这块麦田里看过，而且在没腰深的麦田里伫立了好长时间。自从1970年参加工作离开老家，四十多年过去了，我再也没有在麦子成熟的季节回过老家，再也没有看到过大面积金黄的麦田。这次我特意抽出时间回老家，就是为了再看看遍地熟金一样的麦田。放眼望去，金色的麦田向天边铺展，天有多远，麦田就有多远，怎么也望不到边。一阵熏风吹过，麦浪翻成一阵白金，一阵黄金，白金和黄金在交替波涌。阳光似乎也被染成了金色，麦田和阳光在交相映辉。请原谅我反复使用金这个字眼来形容麦田，因为我想不出还有哪个高贵的字眼可以代替它。然而，如果地里真的铺满黄金的话，我不一定那么感动，恰恰是黄土地里长出来的成熟的麦子，才使我心潮激荡，感动不已。那是一种生命的感动，深度的感动，源自人类原始的感动。它的美是自然之美，是壮美、大美和无言之美。它给予人的美感是诗歌、绘画、音乐等艺术形式所不能比拟。

　　因为白天看麦田没有看够,所以在夜深人静时我还要来看。白天为实,夜晚为虚;阳光为实,月光为虚,我想看看虚幻环境中的麦田是什么样子。站在田间,我明显感觉到了麦田的呼吸。这种呼吸在白天是感觉不到的。麦田的呼吸与我人类的呼吸相反,我们吸的是凉气,呼的是热气,而麦田吸进去的是热气,呼出来的是凉气。一呼一吸之间,麦子的香气就散发出来。麦子浓郁的香气是原香,也是毛香,吸进肺腑里让人有些微醉。晚上没有风,不见麦浪翻滚,也不见麦田上方掠来掠去的燕子和翩翩起舞的蝴蝶。仰头往天上找,月亮升高一些,还是暗淡的轮廓。月亮洒在麦田里的不像是月光,满地的麦子像是铺满了灰白的云彩。一时间,我产生了错觉,以为自己站在云彩里,在随着云彩移动。又以为自己也变成了一棵小麦,正幽幽地融入麦田。为了证明自己没变成小麦,我掐了一只麦穗儿在手心里搓揉。麦穗儿湿漉漉的,表明露水下来了。露水湿了麦田,也湿了我这个从远方归来的游子的衣衫。我免不了向墓园注目,看到栽在母亲坟侧的柏树变成了黑色,墓碑楼子的剪影也是黑色。

　　从麦田深处退出,我仍没有进村,没有回到我一个人所住的我家的老屋,而是沿着河边的一条小路,向邻村走去。在路上,我想我也许会遇到人。夜行的人有时还是有的。然而,我跟着自己的影子,自己的影子跟着我,我连一个人都没遇到。河上有一座桥,我在那座桥上站下了。还是在老家的时候,也是在夜晚,我曾和邻村的一个姑娘在这座桥上谈过恋爱,那个姑娘还送给我一双她亲手为我做的布鞋。来到桥上,我想把旧梦回忆一下。桥的位置没变,只是由砖桥变成了水泥桥。桥下还有水,只是由活水变成了死水。映在水里的红月亮被拉成红色的长条,并断断续续。青蛙在浮萍上追逐,激起一些细碎的水花儿。逝者如斯,那个姑娘再也见不到了。

到周口市乘火车返京前,我和作家协会的朋友们一块儿喝了酒。火车开动了,我还醉眼朦胧。列车在豫东大平原的麦海里穿行,车窗外金色的麦田无边无际,更是壮观无比。我禁不住给妻子打了一个电话,说大平原上成熟的麦子是全世界最美的景观,你想象不到有多么好看,多么震撼……我没有再说下去,我的喉咙有些哽咽。

2014年5月26日至29日于北京和平里

打麦场的夜晚

别看我离开农村几十年了,每到初夏麦收时节,我似乎都能从徐徐吹来的南风里闻到麦子成熟的气息。特别是最近几年,我在北京城里还听到了布谷鸟的叫声。布谷鸟季节性的鸣叫,没有口音上的差别,与我们老家被称为"麦秸垛垛"的布谷鸟的叫声是一样的。我想这些布谷鸟或许正是从我们老家河南日夜兼程飞过来的,它们仿佛在提醒我:麦子熟了,快下地收麦去吧,老坐在屋里发呆干什么!

今年芒种前,我真的找机会绕道回老家去了,在二姐家住了好几天。我没有参与收麦,只是在时隔四十多年后,再次看到了收麦的过程。比起人民公社时期社员们收麦,现在收麦简单多了。一种大型的联合收割机,在金黄的麦田里来来回回穿那么一会儿梭,一大块麦子眼看着就被收割机剃成了平地。比如二姐家有一块麦子是二亩多,我看了手表,只用半个钟头就收割完了。收割机一边行进,一边朝后喷吐被粉碎的麦秆,只把脱好的麦粒收在囊中。待整块麦子收完了,收割机才停下来,通过上方的一个出口,把麦粒倾泄在铺在麦茬地里的塑料单子上。我抓起一把颗粒饱满的麦子闻了闻，新麦的清香即刻扑满我的肺腑。

收麦过程大大简化，劳动量大大减轻，这是农业机械化带来的好处，当然值得称道。回想当年我在生产队里参加收麦时，从造场、割麦、运麦，再到晒场、碾场、扬场、看场，直到垛住麦秸垛，差不多需要一个月的时间。且不说人们每天头顶炎炎烈日，忙得跟打仗一样，到了夜晚，男人们也纷纷走出家门，到打麦场里去睡。正是夜晚睡在打麦场的经历，给我留下了难忘的印象。

初中毕业回乡当农民期间，麦收一旦开始，我就不在家里睡了，天天晚上到打麦场里去看场。队长分派男劳力夜里在场院里看场，记工员会给看场的人记工分，每人每夜可得两分。只是看场的人不需要太多，每晚只轮流派三五个人就够了。我呢，不管队长派不派我，我都照样一夜不落地到场院去睡。我看重的不是工分，不是工分所代表的物质利益，而是有另外一些东西吸引着我，既吸引着我的腿，还吸引着我的心，一吃过晚饭，不知不觉间我就走到场院里去了。

夏天农村的晚饭，那是真正的晚饭，每天吃过晚饭，差不多到了十来点，天早就黑透了。我每天都是摸黑往场院里走。我家没席子可带，我也不带被子，只带一条粗布床单。场院在村外的村子南面，两面临水，一面连接官路，还有一面挨着庄稼地。场院是长方形，面积差不多有一个足球场那么大，看上去十分开阔。一来到场院，我就脱掉鞋，把鞋提溜在手里，光着脚往场院中央走。此时的场面子已打扫得干干净净，似乎连白天的热气也一扫而光，脚板踩上去凉凉的，感觉十分舒服。我给自己选定的睡觉的地方，是在临时堆成的麦秸垛旁边。我把碾扁的、变得光滑的麦秸往地上摊了摊，摊得有一张床那么大，把床单铺在麦秸上面。新麦秸是白色，跟月光的颜色有一比。而我的床单是深色，深色一把"月光"覆盖，表明这块地方已被我占住。

占好了睡觉的位置，我并没有急着马上躺下睡觉，还要到旁边的水塘里扑腾一阵，洗一个澡。白天在打麦场上忙了一天，浑身粘满了麦锈和碾碎的麦芒，毛毛躁躁，刺刺挠挠，清洗一下是必要的。我脱光身子，一下子扑进水里去了，双脚砰砰地打着水花，向对岸游去。白天在烈日的烤晒下，上面一层塘水会变成热水。到了晚上，随着阳光的退场，塘水很快变凉。我不喜欢热水，喜欢凉水，夜晚的凉水带给我的是一种透心透肺的凉爽，还有一种莫测的神秘感。到水塘里洗澡的不是我一个，每个在场院里睡觉的男人几乎都会下水。有的人一下进水里，就兴奋得啊啊直叫，好像被女水鬼拉住了脚脖子一样。还有人以掌击水，互相打起水仗来。在我们没下水之前，水面静静的，看去是黑色的。天上的星星映在水里，它们东一个西一个，零零星星，谁都不挨谁。我们一下进水里就不一样了，星星被激荡得乱碰乱撞，有的变大，有的变长，仿佛伸手就能捞出一个两个。

洗完了澡，我四脚拉叉躺在铺了床单的麦秸上，即刻被新麦秸所特有的香气包围。那种香气很难形容，它清清凉凉，又轰轰烈烈；它滑溜溜的，又毛茸茸的。它不是扑进肺腑里就完了，似乎每个汗毛孔里都充满着香气。它不是食物的香气，只是打场期间麦草散发的气息。但它的香气好像比任何食物的香气都更原始，更醇厚，也更具穿透力，让人沉醉其中，并深深保留在生命的记忆里。

还有夜晚吹拂在打麦场里的风。初夏昼夜的温差是明显的，如同水塘里的水，白天的风是热风，到夜晚就变成了凉风。风是看不见的，可场院旁边的玉米叶子会向我们报告风的消息。玉米是春玉米，长得已超过了一人高。宽展的叶子刷刷地响上一阵，我们一听就知道风来了。当徐徐的凉风掠过我刚洗过的身体时，我能感觉到我的汗毛在风中起伏摇曳，洋溢的是一种酥酥的快意。因打麦场无遮无拦，风行畅通无阻，细腿蚊子在我们身上很难站住脚。我要是睡在家里就不行了，因家里的环境几乎是封闭的，无风无息，很利于蚊子在夜间活动。善于团队作战的蚊子那是相当的猖獗，一到夜间就在人们耳边轮番呼啸，任你在自己脸上抽多少个巴掌都挡不住蚊子的进攻。我之所以愿意天天夜间到打麦场里去睡，除了为享受长风的吹拂，一个很大的原因，是为了躲避蚊子。

没有蚊子的骚扰，那就赶快睡觉吧，一觉睡到大天光。然而，满天的星星又碰到我眼上了。是的，我是仰面朝天而睡，星星像是纷纷往我眼上碰，那样子不像是我在看星星，而是星星在主动看我。星星的眼睛多得铺天盖地，谁都数不清。看着看着，我恍惚觉得自己的身体在往上升，升得离星星很近，很近，似乎一伸手就能把星星摘下一颗两颗。我刚要伸手，眨眼之间，星星却离我而去。有流星从夜空中划过，一条白色的轨迹瞬间消失。天边突然打了一个露水闪，闪过一道像是长满枝杈的电光。露水闪打来时，群星像是隐退了一会儿。电光刚消失，群星复聚拢而来。我不知道自己是什么时候睡着的，在睡梦里，脑子里仿佛装满了星星。

现在不用打场了，与打麦场相关的一切活动都没有了，人们再也不会在夜晚到打麦场里去睡。以前我对时过境迁这个词不是很理解，以为境只是一个地方，是物质性的东西。如今想来，境指的主要是心境，是精神性的东西。时间过去了，失去的心境很难再找回。

2016 年 6 月 24 日于北京小黄庄

有爱有悔

父亲的纪念章

我写过一篇《母亲的奖章》，记述的是母亲当县里劳动模范的事。在纪念中国人民抗日战争胜利70周年之际，我该写一写父亲的纪念章了。父亲是一位抗战老兵。在这个世界上，如果他的子女不提起他，恐怕没人会记得我们的父亲了。以前，我从没想过要写父亲。父亲1960年去世时，我还不满9周岁。父亲生前，我跟他没什么交流，父亲留给我的印象不是很深。因为我们父子年龄差距较大，在我很小的时候，就觉得父亲已经变成了一个老头儿。他不像是我的亲生父亲，像是一个与我相隔的隔辈人。不熟悉父亲，缺少感性材料，只是我没想写父亲的次要原因。更主要的原因是，长期以来，父亲给我的心灵留下的阴影太大，或者说我对父亲的历史误会太深。别的且不说，就说我初中毕业后两次报名参军吧，体检都合格，一到政审就把我刷了下来。究其原因，人家说我父亲在国民党的军队里当过军官，属于历史反革命分子。一个反革命分子的儿子，人家当然不许你加入革命队伍。我弟弟跟我的遭遇是一样的，他高中毕业后报名参军，也是政审时被拒之门外。在当时强调突出政治和阶级斗争天天讲的情况下，国民党军官和历史反革命分子的说法是骇人的，足以压得我们兄弟姐妹低眉自危，在人前抬不起头来。

对于父亲的经历和身份，我们不是很了解。让我们不敢争辩的是，我们在家里的确看到了父亲留下的一些痕迹。比如有一次，惯于攀爬的二姐，爬到我家东间屋的窗棂子上，在窗棂子上方一侧的墙洞子里掏出一个纸包来。打开纸包一看，里面包的是一张大幅的黑白照片。照片上的人穿军装，光头，目光炯炯，一副很威武的样子。不用说，这个看上去有些陌生的男人就是我们的父亲。看到父亲的照片，像是看到了某种证据，我和大姐、二姐都有些害怕，不知怎样处置这样的照片才好。

母亲也看到了照片，母亲的样子有些生气。像是要销毁某种证据一样，母亲采取了果断措施，一把火把父亲的照片烧掉了。母亲的态度是决绝的，她不仅烧掉了这张照片，随后把父亲的所有照片，连同她随军时照的穿旗袍的照片，统统烧掉了。后来听母亲偶尔讲起，烧毁与父亲相关的东西，不是从她开始的，父亲还活着时自己就动手烧过。父亲刚从军队退休时，每年都可以领取退休金。领取退休金的凭证是一张张卡片，卡片上印的是宋美龄抱着小洋狗的精美图案。卡片是活页，连张，可折叠，可打开。折叠起来像一副扑克牌，一打开有一扇门板那么大。随着国民党政权撤离大陆，退居台湾，无处领取退休金的父亲就把那些卡片烧掉了。

那么，父亲的遗物一件都没有了吗？一个人戎马一生，可追寻的难道只是一座坟包吗？幸好，总算有两枚父亲佩戴过的纪念章，被保存了下来。也许因为纪念章是金属制品，不大容易烧毁。也许母亲不知道纪念章往哪里扔，担心被别人捡到又是事儿。也许因为纪念章比较小，隐藏起来比较方便。不管如何，反正两枚纪念章躲过了一劫或多劫，一直存在着。纪念章先是由当过生产队妇女队长和县里学习毛主席著作积极分子的二姐保存。二姐出嫁后，趁我从煤矿回家探亲，二姐就把两枚纪念章包在一方白底蓝花的小手绢里，交给了我。我把纪念章带到工作单位后，把纪念章夹在我参加工作后的第一本工作证里，仍用原来的手绢包好，放在箱底一角。之后我走到哪里，就把纪念章带到哪里。1978年开春，我从河南的一座煤矿调到了北京，就把纪念章带到了北京。

  我没有忘记纪念章的存在，但我极少拿出来看。父亲的历史不仅影响了我参军，后来还影响了我入党，我对父亲的纪念章有一些忌讳。我隐约记得纪念章上有文字，却不敢辨认是什么样的文字。我的做法有一点像掩耳盗铃，好像只要我自己不去辨认，纪念章上的文字就不存在。纪念章的事情还考验着我守口如瓶的能力，妻子跟我结婚四十多年了，我从来未对妻子提及纪念章的事，更不要说把纪念章拿给妻子看。妻子的父亲当年参加的是共产党领导的八路军，跟我父亲不在一个阵营。若是让妻子知道了我父亲的历史，我怕妻子不大容易接受。

  进入2015年以来，随着中国人民纪念抗日战争胜利70周年的声浪越来越高，随着报刊上发表的回忆抗战的文章越来越多，随着一些网站发起的寻找抗战老兵活动的开展，5月17日那天下午，望着办公室窗外的阵阵雷雨，我心里一阵激动，突然觉得到时候了，该把父亲的纪念章拿出来看看了。

  我终于把父亲的纪念章看清楚了，一枚纪念章正中的图案是青天白日旗，纪念章上方的文字是"军政部直属第三军官大队"，下方的文字是"同学纪念章"。另一枚纪念章的图案是一朵金蕊白梅，上方的文字是"中央训练团"，下方的文字是"亲爱精诚"。纪念章像是被砖头或棒槌一类的硬物重重砸过，纪念章背面的铜丝别针，一个扁贴在纪念章上，一个已经没有了。可纪念章仍不失精致，仍熠熠生辉，像是无声地对我诉说着什么。

亏得有这两枚纪念章的存在,我才能够以纪念章上的文字为线索,追寻到了父亲戎马生涯的一些足迹。父亲刚当兵时还是一个未成年人,在冯玉祥的部队当号兵。冯玉祥的部队被整编后,父亲一直留在冯玉祥当年的得力干将之一孙连仲的部队。孙连仲是著名的抗日战争将领,率领部队在华北、中原一带的抗日战场上转战,参加了良乡窦店、娘子关、阳泉、信阳、南阳等抗日战役。尤其在台儿庄大战中,孙连仲2万余人的部队在伤亡14000多人的情况下仍顽强坚守阵地,为最后的大捷赢得了时机。孙连仲也因此名载中华民族抗日史册。

可以肯定地说,我父亲作为孙连仲部下的一名军官,听从的是孙连仲的指挥,孙连仲的部队打到哪里,我父亲也会打到哪里。曾听随军的母亲讲过抗战的惨烈。母亲说她亲眼看见,一场战役过后,人死得遍野都是,像割倒的谷捆子一样。热天腐败的尸体很快滋生了密密麻麻的绿头大苍蝇,有一次,母亲和随军转移的太太们乘敞篷卡车从战场经过时,绿头大苍蝇蜂拥着向她们扑去。为了驱赶疯狂的苍蝇,部队给每位太太发了一把青艾。她们的丈夫在和日本鬼子作战,她们在和苍蝇作战。到达目的地时,她们把青艾上的叶子都打光了。经过那么多的枪林弹雨,父亲受伤是难免的。听二姐说,父亲的脚受过伤,大腿根也被炮弹皮划破过。父亲没有死在战场上,算是万幸。

抗战胜利后的1946年正月,母亲在部队驻地新乡生下了我大姐。有了大姐不久,母亲就带着大姐回到了我们老家。此时,担任了河北省政府主席的孙连仲,把他的部队从新乡调往北平。父亲本可以在北平继续带兵,但由于祖母对我母亲不好,母亲让人给父亲写信,强烈要求父亲退伍回家,如果父亲不回家,她就走人。为了保住妻子和孩子,父亲只好申请退伍。

父亲叫刘本祥,在部队时叫刘炳祥。在国民党的军官档案里,应该可以查到我父亲的名字。父亲生于 1909 年，如果活到现在应是 106 岁。要是父亲还活着就好了，我会让他好好跟我讲讲他的抗战经历，他的儿子手中有一支笔，说不定可以帮他写一本回忆录。然而，父亲已经去世 55 年，他已经走得很远很远了。

  父亲，今年是中国人民抗日战争胜利 70 周年，您注意到了吗？您留下的两枚纪念章，我怎样还给您呢？

2015 年 6 月 12 日于北京和平里

母亲的奖章

母亲去县里参加劳动模范表彰大会的时间，是1957年的春天。几十年过去了，母亲也已经下世十多年。时间如流水，这个时间我们兄弟姐妹之所以记得确凿无疑，因为它有一个标记，或者说有一个帮助我们找回记忆的参照点。母亲生前不止一次跟我们说过，她是抱着我弟弟去参加劳模大会的。弟弟那年还不满一周岁，正在吃奶，还不会走路。我们家离县城五六十里路，那时没有汽车可坐，母亲一路把弟弟抱到县城，开完劳模会后又把弟弟抱回。我说的参照点就是弟弟的生日，弟弟是1956年7月出生，母亲去参加劳模会可不就是1957年嘛。

从县里回来，母亲带回了一枚奖章，还有一张奖状，奖状和奖章是配套的。奖章上不刻名字，奖状上才会写名字，以证明母亲获得过这项荣誉。而我只对奖章有印象，对奖状没有什么印象。或许因为我只对金属性质的奖章感兴趣，对纸质的奖状不感兴趣，就把奖状忽略了。

拾柴火

那枚奖章相当精美，的确是一件不错的玩意儿。我们小时候主要是玩泥巴，没有什么像样的东西可玩。母亲的奖章，像是为我提供了一个终于可以拿得出手的玩具。母亲把奖章放在一只用牛皮做成的小皮箱里，小皮箱不上锁，我随时可以把奖章拿出来玩一玩。箱子里有母亲的银模梳、银手镯，还有选民证、工分什么的，我不玩别的东西，只愿意把奖章玩来玩去。奖章拿在手里沉甸甸的，恐怕把十片红薯片子加起来，都比不上奖章的分量重。奖章是五角星的形状，上面的图案有齿轮、麦穗儿什么的。麦穗儿很饱满，像是用手指头一捏，就能拣到一支麦穗儿。奖章的颜色跟成熟的麦穗儿的颜色差不多，只不过，麦穗儿不会发光，奖章会发光。把奖章拿到太阳下面一照，奖章金光闪闪，好像变成了一个小太阳。整个奖章分三部分，上面是一个长条的金属板，金属板背面是别针。中间是红色的、丝织的绦带，绦带从一个金属卡子里穿过，把别针和下面的奖章联系进来。我没把奖章戴在身上试过。因没见母亲戴过，我不知把奖章戴在哪里。有一次，我竟把奖章挂在门口的石榴树上了，好像给石榴树戴了一个大大的耳坠儿一样，挺逗笑的。

我不仅自己喜欢玩奖章，别的小孩子到我们家玩耍，我还愿意把奖章拿出来向他们显摆，那意思是说：你们家有这个吗？没有吧！我只让他们看一看，不让他们摸。见哪个小孩子伸手想摸，我赶紧把奖章收了回来。

不知什么时候，奖章不见了。我一次又一次把小皮箱翻得底朝天，连奖章的一点影子都没找见。奖章没长翅膀，它却不声不响地"飞"走了。大姐二姐怀疑我把奖章拿到货郎担上换糖豆儿吃了。我平日里是比较嘴馋，看见地上有一颗羊屎蛋儿，都会误以为是一粒炒豆儿。可是，在奖章的事情上我敢打赌，我的确没拿母亲的奖章去换糖豆儿吃。如果真的换了糖豆儿，甜了嘴，我会留下深刻的印象。如果小时候怕挨吵，怕挨打，不敢说实话，现在都这么大岁数了，我不会再隐瞒下去。母亲的奖章的丢失，对我们兄弟姐妹来说是一个谜，这个谜也许永远都解不开了。

倘若母亲的奖章继续存在着，那该有多好，每看到奖章，我们就会想起母亲，缅怀母亲勤劳而光荣的一生。然而，奖章不在了，奖章却驻进了我的心里。我放弃了对物质性的奖章的追寻，开始追寻奖章的精神性意义。

应该说母亲能当上劳动模范是很不容易的。据说每个公社只有几个劳动模范的名额，不是每个大队都能推选出一个劳模。当劳模不是百里挑一，也不是千里挑一，而是万里挑一。那么，一个普普通通的农村妇女，怎么就当上了劳动模范了呢？怎么就成了那个"万一"呢？既然模范是以劳动命名，恐怕就得从劳动上找原因。听大姐二姐回忆说，母亲干起活儿来只有两个字，那就是要强。往地里挑粪，母亲的粪筐总是装得最满，走得最快。麦季在麦田里割麦，不用看，也不用问，那个冲在最前面的人一定是我们的母亲。有一种大轮子的水车，铁铸的大轮子两侧各有一个绞把，绞动大轮子，带动小齿轮，把水从井里抽出来。别的妇女绞水车时，都是一次上两个人。而母亲上阵时，坚持一个人绞一台水车。她低着头，塌着腰，头发飞，汗也飞，一个人就把水车绞得哗哗的，抽出的水水头蹿得老高。

要知道，我们兄弟姐妹较多，母亲两三年就要生一个孩子。母亲下地劳动，都是在怀着孩子或奶着孩子的情况下进行的。怀孩子期间，从不影响母亲下地干活儿。直到不把孩子生下来不行了，她才匆匆从地里赶回家，把孩子生下来。母亲生孩子从不去医院，也不请接生婆接生，都是自己生，自己接。生完孩子，母亲稍事休息，又开始了新一轮劳动。

母亲的身材并不高，才一米五多一点。母亲的体重也不重，也就是百斤左右。可是，母亲哪里来的那么大的力量呢？以前我不能理解，后来才慢慢理解了。母亲的力量源于她的强大的意志力，也就是我们那里的人所说的心劲儿。我要是跟母亲说意志力，母亲肯定不懂，她不识字，不会给自己的力量命名，说不定还会说我跟她瞎跩文。我要是说心劲儿，估计母亲会认同。一个人的力量大不大，主要不在于体力，而是取决于心劲儿，也就是心上的力量。心上的力量大了，一个人才算真正有力量。体力再好，如果心劲儿不足，无论如何都称不上有力量。一个人心上的力量，说到底就是战胜自己的力量。只有能够战胜自己，才能战胜困难，战胜别人。倘若连自己都不能战胜，先败在自己手里，还指望能战胜谁呢！

与母亲相比，我的心劲儿差远了。说实话，小时候我是一个懒人。挑水做饭有大姐，烧锅刷碗有二姐，拾柴放羊有妹妹，我被说成是"空儿里人"，除了上学，几乎啥活儿都不用我干。时间长了，我几乎养成了好吃懒做的习惯。后来参加工作到煤矿，我才失去了对家庭的依赖。一个人孤身在外，由于环境的逼使，我不得不学着自己照顾自己。好在母亲勤劳的遗传基因很快在我身上发挥了作用，同时也是自尊、自立和成家的需要，我开始挖掘自身的劳动潜能，并在劳动中逐步认识劳动的意义。我知道了，劳动创造了人，人生来就是为劳动而来。或者说人只要活着，就得干活儿。只有不惜力气，不惜汗水，干活儿干得好，才会被人看得起，才能得到社会的尊重。在当工人期间，虽然我没当过劳动模范，但我觉得自己干活儿干得还可以，起码没有偷过懒，没有耍过滑，工友们评价我时，对我伸的是大拇指。

不过，我没想过要当劳动模范，从没有把劳动模范和自己联系起来。在很长一段时间，我几乎把母亲当过劳动模范的事忘记了。调到北京当上《中国煤炭报》的编辑、记者之后，我采访了全国煤矿不少劳动模范和劳动英雄，写了不少他们的事迹。我为他们的事迹所感动，所写的稿子块头也不小，但你是你，我是我，我把自己当成了一个局外人。我甚至认为，那个时期的劳模都是"老黄牛"型的，是"工具"性的，我可以尊重他们，并不一定愿意向他们学习。有一次，我和读者座谈，谈到我每年的大年初一早上还要起来写小说，有读者就问我：你是想当一个劳动模范吗？这本来是好话，可我没当好话听，好像还从中听出了一点揶揄的意味，我说过奖了，我可不想当什么劳动模范。

看来我的悟性还是不够强，觉悟还是不够高。直到现在，我才稍稍悟出来了，原来劳动不是别人强加给我们的，是生命的一种需要。我们劳动的过程，是修行的过程，也是不断自我完善的过程。如果人的一生还有点意义的话，其意义正是通过不断辛勤劳动赋予的。从这个意义上讲，能当一个劳动模范是多么光荣！

人说闻道有先后，人的觉悟也有早晚。而我现在才对劳动模范重视起来，未免有点太晚了吧，恐怕再怎么努力，当劳动模范也没戏了吧！不晚不晚，没关系的。从现在起，我要好好向母亲学习，天天按劳动模范的标准要求自己，体力可以衰退，心劲儿永远上提。就算别人不评我当劳动模范，我自己评自己还不行吗！

2015年元旦期间于北京和平里

大姐的婚事

堂嫂给我大姐介绍了一个对象，是堂嫂娘家那村的。堂嫂家和我们家同住一个院子，我大姐当时又是生产队的妇女队长，堂嫂和大姐可以说天天见面。可是，堂嫂没有把介绍对象的事直接对大姐说，而是先悄悄地跟我母亲说了。母亲暂且把事情放在心里，也没有对大姐提及。母亲认为这是我们家的一件大事，需要和我商量一下。父亲去世后，我作为家里的长子，母亲把我推到了户主的位置，遇到什么大事都要征求一下我的意见。我当年正读初中二年级，在镇上中学住校，每个星期天才回家一次。等到星期天我回家，母亲才把堂嫂给大姐介绍对象的事对我说了。大姐比我大五岁，是到了该找对象的年龄。大姐找什么样的对象，的确是我们家的一件大事，必须慎重对待。

堂嫂给大姐介绍的对象，是一位在县城读书的在校高中生。高中生的父亲是我的老师，教我们班的地理课。我在我们学校的篮球场上见过那个高中生，他的身材、面貌都不错，据说学习也可以。让人不能接受的是，他的家庭成分是富农。在那个以阶级斗争为纲的年代，人与人之间是以家庭成分划线的，一个人的家庭成分对一个人的命运几乎起着决定性的作用。不仅如此，一个不好的家庭成分，还会对其所构成的社会关系起到负面的辐射作用。这就是说，如果我们家和那个高中生结成了亲戚，在我们家的亲戚关系中，就得写上其中一家是富农。这对我们兄弟姐妹今后的进步会很不利。我还有二姐、妹妹和弟弟，第一个找对象的大姐，应该给我们开一个好头儿。还有一个不容回避的问题是，我父亲曾在冯玉祥部当过一个下级军官，被人说成是"历史反革命"。因为这个问题，我们已经饱受了歧视，几乎成了惊弓之鸟。在这种情况下，如果再给大姐找一个富农家的孩子作对象，我们家招致的歧视会更多，社会地位还得下降。于是，我断然否定了这门亲事。母亲说是跟我商量，其实是以我的意见为主。母亲把我的意见转告给堂嫂，堂嫂就不再提这件事。我甚至对堂嫂也有意见，在心里埋怨堂嫂不该给大姐介绍这样的对象，不该把我们的大姐往富农家庭里推。

　　别人给大姐介绍对象，决定权应该属于大姐。同意不同意，应该由大姐说了算。就算不能完全由大姐决定，大姐至少应该有知情权。然而，我和母亲把大姐瞒得严严的，就把堂嫂给大姐介绍的对象给回绝了。

　　接着，又有人给大姐介绍了一个对象，还是堂嫂那村的。这个对象识字不多，但家里的成分是贫农。既然成分好，我就没有什么理由反对大姐和人家见面。这个对象后来成了我们的大姐夫。大姐夫勤劳，会做生意，对大姐也很好。据大姐说，刚和大姐夫结婚时，他们家只有两间草房，家里穷得连一块支鏊子的砖头都找不到，连一个可坐的板凳头儿都没有。为了攒钱把家里的房子翻盖一下，大姐夫贩过粮食，贩过牛，还贩过石灰和沙子。有一回，大姐夫从挺远的地方用架子车往回拉沙子，半路下起雨来。他舍不得花钱住店，夜里就睡在一家供销社窗外的窗台上。为防止睡着后从窗台上摔下来，他解下架子车上的襻绳，把自己拴在护窗的铁栅栏上。他带的有一块防雨的塑料布，但他没有把塑料布裹在自己身上，而是盖在了沙子上面。风吹雨斜，把他的衣服都淋湿了。大姐夫和大姐苦劳苦挣，省吃俭用，终于盖起了四间砖瓦房，还另外盖了两间西厢房和一间灶屋。大姐夫特意在院子里栽了一棵柿子树，每到秋天，红红的柿子挂满枝头，连柿叶都变成了红色。

大姐家的好日子刚刚开头，大姐夫却因身患重病于2005年5月1日去世了。大姐夫去世时，还不到60岁。大姐夫的去世，对大姐是一个沉重的打击。

当年农历十月初，我回老家为母亲烧纸，大姐和二姐也去了。在烧纸期间，大姐在母亲坟前长跪不起，大哭不止。大姐一边哭，一边对母亲说："娘啊，你咋不说话呢？你咋不管管俺家的事呢？夜这样长，我可怎么熬得过去啊！"我劝大姐别哭了。劝着大姐，我的泪水也模糊了双眼。倒是二姐理解大姐，二姐说："别劝大姐，让大姐好好哭一会儿吧。大姐心里难过，哭哭会好受些。"旷野里一阵秋风吹来，把坟前黑色的灰烬吹上了天空。我听从了二姐的话，没有再劝大姐。我强忍泪水，用带到坟地的镰刀，清理长在母亲坟上的楮树棵子和吊瓜秧子。

为了陪伴和安慰大姐，这次回老家，我到大姐家住了几天。在和大姐回忆过去的事情时，我才对大姐说明，堂嫂曾给大姐介绍过一个对象。大姐一听，显得有些惊奇，说她一点儿都不知道。因为同村，那个人大姐是认识的，大姐叫出了那个人的名字，说人家现在是中学的校长。我还能说什么呢，因为我的年少无知，短视，自私和自以为是，当初我做出的可能是一个错误的决定。四十多年过去了，这件事情我之所以老也不能忘记，是觉得有些对不起大姐。大姐一点儿都没有埋怨我，说那时候都是那样，找对象不看人，都是先讲成分。

2011年4月29日于北京

留守的二姐

在我国各地农村,留守儿童以数千万计。留守儿童所面临的种种问题,已受到社会的广泛关注。每每看到有关留守儿童的报道,我都比较留意。因为我总会联想起二姐和二姐家的留守儿童。这多年来,二姐为抚育和照顾她的孙辈,付出的太多了,二姐太累了!

二姐喜欢土地,她认为人到什么时候都得种庄稼,都得靠土地养活,土地是最可靠的。村里的青壮男人和女人一批又一批外出打工,二姐却一年又一年留在家里种地,从来没有出去过。二姐重视土地是一方面,还有一个主要的原因,是二姐被她家的留守儿童拴住了,脱不开身。

二姐有三个孩子,两个儿子和一个女儿。大儿子和大儿媳去上海打工,把他们的两个孩子都留给了二姐。这两个孩子,一个男孩儿,一个女孩儿。男孩儿刚上小学,女孩儿才两三岁。冬冬夏夏,二姐管他们吃饭、穿衣,更在意他们的安全。村里有一个老爷爷,一眼没看好留守的孙子,孙子就掉到井里淹死了。爷爷心疼孙子,又觉得无法跟儿子、儿媳交代，抱着孙子的小尸体躺在床上，自己也喝农药死了。这件事让二姐非常警惕，心上安全的弦绷得很紧。一会儿看不见孙子、孙女，她就赶快去找。哪个孩子若有点儿头疼脑热，二姐一点儿都不敢大意，马上带孩子去医院看，并日夜守护在孩子身边。直到孩子又活泼起来，二姐才放心。

　　大儿子的两个孩子还没长大，二儿子的孩子又出生了。二姐的二儿子和二儿媳都在城里教书，二儿媳急着去南京读研，她生下的婴儿刚满月，就完全交给了二姐。因家穷供不起，二姐小时候只上过三年学就辍学了。二姐对孩子们读书总是很支持，并为有出息的孩子感到骄傲。二姐对二儿媳说：去吧，好好读书吧。孩子交给我，你只管放心。喂养婴儿可不是一件容易的事，二姐日夜把婴儿搂在怀里，饿了冲奶粉，尿了换尿不湿，所受的辛苦可想而知。二姐不愿让婴儿多哭，有时半夜还抱着婴儿在床前走来走去。有一年秋天我回老家看二姐，见二姐明显消瘦，而她怀里的孙子却又白又胖。孙子接近三岁，该去城里上幼儿园了，他的爸爸妈妈才把他接走。这时他不认爸爸妈妈，只认奶奶。听说爸爸妈妈要接他走，他躲在门后大哭，拉都拉不出去。二姐只好把他送到城里，又陪他在城里住了一段时间，等他跟爸爸妈妈熟悉了，才离开。

　　到这里，我想二姐该休息一下了。不，二姐还是休息不成。2010年秋天，二姐的女儿生了孩子。二姐的女儿在杭州读研究生，因为要返校交毕业论文，还有答辩什么的，她的孩子还没有满月，就托给了二姐。新一轮喂养婴儿的工作又开始了，二姐再度陷入紧张状态。听二姐夫说，这个婴儿老是在夜间哭闹，闹得二姐整夜都不能睡。有时需要给婴儿冲点儿奶粉，婴儿哭闹得都放不下。亏得二姐夫也没有外出打工，可以给二姐帮把手。在婴儿不哭的时候，二姐摸着婴儿的小脸蛋逗婴儿说：你这个小闺女儿，不该我看你呀！你有奶奶，怎么该姥姥看你呢！见外孙女被逗得咧着小嘴笑，二姐心里充满喜悦。

其实，二姐的身体并不是很好。年轻时，二姐早早就入了党。二姐当过生产队的妇女队长，当过县里学习毛主席著作积极分子，是全公社有名的"铁姑娘"。在生产队里割麦，二姐总是冲在最前头。从河底往河岸上拉河泥，别的女劳力都是两个人拉一辆架子车，只有二姐是一个人拉一辆架子车。因下力太过，二姐身上落下的毛病不算少。在我看来，二姐就是要强，心劲足，勇于担责，富于自我牺牲精神。换句话说，二姐的精神力量大于她的身体力量，她身体能量的超常付出，靠的是精神力量的支撑。

我们姐弟五个，我和弟弟早就在城里安了家，大姐和妹妹也相继随家人到了城里。现在仍在农村种地的只有我二姐。近年来，我每年回老家到母亲坟前烧纸，都是先到二姐家，由二姐准备好纸、炮和祭品，我们一块儿回到老家的院子里，把落满灰尘的屋子稍事打扫，再一块儿到坟地烧纸。我和二姐聊起来，二姐说，她这一辈子哪儿都不去了，在农村挺好的。想当年，二姐满怀壮志，一心想离开农村，往社会上层走。如今迁徙之风风起云涌，人们纷纷往城里走，二姐反倒塌下心来，只与农村、土地和庄稼为伍。二姐习惯关注国内外的大事，她注意到，现在世界上很多国家缺粮食，粮食还是最宝贵的东西。二姐说，等今年的新小麦收下来，她不打算卖了，晒干后都储存起来，万一遇到灾荒年，让我们都到她家去吃。二姐的说法让人眼湿。

今年临近麦收，二姐病了一场，在县医院打了十多天吊针，病情才有所缓解。岁月不饶人。二姐毕竟是年逾花甲的人了，已经不起过度劳累。我劝二姐，人的身体力量和精神力量都是有限的，凡事须量力而行，以自己的身体为重。

2011 年 6 月 20 日于北京和平里

一双翻毛皮鞋

母亲到矿区帮我们看孩子,老家只有我弟弟一个人在家。弟弟当时正在镇上的中学读高中,吃在学校,住在学校,每星期直到星期天才回家一次。以前弟弟回家时,都是母亲给他做饭吃。母亲不在家,弟弟只好自己生火烧锅,自己做饭。那是1975年,母亲秋天到矿区,直到第二年麦收之后才回。也就是说,连当年的春节,都是弟弟一个人度过的。过春节讲究红火热闹,阖家团圆。而那一年,我们家是冷清的,我弟弟的春节是过得孤苦的。这一点是我后来才想到的。当时,我并没有多想弟弟一个人的春节该怎么过,好像把远在家乡的弟弟忘记了。

弟弟也是母亲的儿子,母亲对儿子肯定是牵挂的。可是,母亲并没有把牵挂挂在嘴上,过春节期间,我没听见母亲念叨我弟弟,她对我弟弟的牵挂是默默地牵挂。直到临回老家的前一天,母亲才对我提出,要把我的一双翻毛皮鞋捎回家给我弟弟穿一穿。母亲出来七八个月,她要回家了,我这个当哥哥的,应该给弟弟买一点儿什么东西捎回去。我父亲下世早，弟弟几乎没得到过什么父爱，我应该给弟弟一些关爱。然而我连一分钱的东西都没想起给弟弟买。在这种情况下，我母亲提出把我的翻毛皮鞋捎给弟弟穿穿，我当然也没有任何理由不同意。那是矿上发的劳动保护用品，看去笨重得很，我只在天寒地冻的时候才穿，天一暖就不穿了。我从床下找出那双落满灰尘、皮子已经老化得发硬的皮鞋，交给了母亲。

我弟弟学习成绩很好，是他所在班的班长。我后来还听说，那个班至少有两个女同学爱着我弟弟。弟弟的同学大概都知道，他们班长的哥哥在外边当煤矿工人，是挣工资的人。因我没给弟弟买过什么东西，他的穿戴与别的同学没什么区别。一点儿都不显优越。母亲把翻毛皮鞋捎回去可好了，弟弟穿上皮鞋在校园里一走，一定会给弟弟提不少精神。弟弟的同学也会注意到弟弟脚上的皮鞋，他们对弟弟的羡慕而想而知。

让我一辈子都不能原谅自己的是，这年秋天，一位老乡回家探亲前找到我，问我有没有什么事托给他，我想了想，让他把我的翻毛皮鞋捎回来。话一出口，我就觉得不妥，母亲既然把皮鞋带给了弟弟，我怎么能再要回来呢！当然，我至少可以找出两种理由为自己开脱。比如：因我小时候在老家被冻烂过脚后跟，以后每年冬天脚后跟都会被冻烂。我当上工人后，拿我的劳保用品深筒胶靴与别的工种的工友换了同是劳保用品的翻毛皮鞋，并穿上妻子给我织的厚厚的毛线袜子，脚后跟才没有再冻烂过。再比如：那时我们夫妻俩的工资加起来还不到七十元，都是这月望着下月的工资过生活，根本没有能力省出钱来去买一双新的翻毛皮鞋。尽管如此，我还是有些后悔，一双旧皮鞋都舍不得留给弟弟，是不是太过分了，这哪是一个当哥哥的应有的道理！我心里悄悄想，也许母亲会生气，拒绝把皮鞋捎回来。也许弟弟已经把皮鞋穿坏了，使皮鞋失去了往回捎的价值。老乡回老家后，我不但不希望老乡把皮鞋捎回来，倒希望他最好空手而归。

十几天后，老乡从老家回来了，他把那双刷得干干净净的翻毛皮鞋捎了回来。接过皮鞋，我心里一沉，没敢多问什么，就把皮鞋收了起来。从那以后，那双翻毛皮鞋我再也没穿过。

我兄弟姐妹六人，最小的弟弟七岁病死，还有五人。在我年少和年轻的时候，朦胧觉得孩子是父母的孩子，只有父母才对孩子负有责任，而兄弟姐妹之间是没有的，谁都不用管谁。随着年龄的增长，我才认识到了，一娘同胞的兄弟姐妹，因血脉相连，亲情相连，彼此之间也是负有责任的，应当互相关心、互相照顾才是。回过头来看，在翻毛皮鞋的事情上，我对弟弟是愧悔的。时间愈久，愧悔愈重。时过境迁，现在大家都不穿翻毛皮鞋了。就算我现在给弟弟买上一千双翻毛皮鞋，也弥补不了我的愧悔之情。我应该对弟弟说出我的愧悔。作为弟弟的长兄，因碍着面子，我迟迟没有说出。那么，我对母亲说出来，请求母亲的原谅总可以吧。可是，还没等我把愧悔的话说出来，母亲就下世了。每念及此，我眼里就包满了眼泪。有时半夜醒来，我突然就想起那双翻毛皮鞋的事，就难受得好一会儿无法入睡。现在我把我的愧悔对天下人说出来了，心里才稍稍觉得好受一点儿。

2010 年 9 月 3 日于北京

妹妹不识字

我妹妹不识字,她一天学都没上过。

我们姐弟六个,活下来五个。大姐、二姐各上过三年学。我上过九年学。弟弟上了大学。只有我妹妹从未踩过学校的门口。

不管是男孩子,还是女孩子,我们姐弟都很喜欢读书。比如我二姐,她比我大两岁。因村里办学晚了,二姐与我在同一个班,同一个年级。二姐学习成绩很好,在班里数一数二。1960年夏天,我父亲病逝后,母亲就不让二姐再上学了。那天正吃午饭,二姐一听说不让她上学,连饭也不吃了,放下饭碗就要到学校里去。母亲抓住她,不让她去。她使劲往外挣。母亲就打她。二姐不服,哭得声音很大,还躺在地上打滚儿。母亲的火气上来了,抓过一只笤帚疙瘩,打二姐打得更厉害。与我家同住在一个院的堂婶儿看不过去,说哪有这样打孩子的,要母亲别打了。母亲这才说了她的难处,母亲说,几个孩子嘴都顾不住,能挣个活命就不错了,哪能都上学呢!母亲也哭了。见母亲一哭,二姐没有再坚持去上学,她又哭了一会儿,爬起来到地里去薅草。从那天起，二姐就失学了。

我很庆幸，母亲没有说不让我继续上学。

妹妹比我小三岁。在二姐失学的时候，妹妹也到了上学的年龄。母亲没有让我妹妹去上学，妹妹自己好像也没提出过上学的要求。我们全家似乎都把妹妹该上学的事忘记了。妹妹当时的任务是看管我们的小弟弟。小弟弟有残疾，是个罗锅腰。我嫌他太难看，放学后，或星期天，我从不愿意带他玩。他特别希望跟我这个当哥哥的出去玩，我不带他，他就大哭。他哭我也不管，只管甩下他，跑走了。他只会在地上爬，不会站起来走，反正他追不上我。一跑到院子门口，我就躲到墙角后面观察他，等他觉得没希望了，哭得不那么厉害了，我才悄悄溜走。平日里，都是我妹妹带他玩。妹妹让小弟弟搂紧她的脖子，她双手托着小弟弟的两条腿，把小弟弟背到这家，背到那家。她用泥巴给小弟弟捏小黄狗，用高粱篾子给小弟弟编花喜鹊，还把小弟弟的头发朝上扎起来，再绑上一朵石榴花。有时她还背着小弟弟到田野里去，走得很远，带小弟弟去看满坡地的麦子。妹妹从来不嫌弃小弟弟长得难看，谁要是指出小弟弟是个罗锅腰，妹妹就跟人家生气。

妹妹还会捉鱼。她用竹篮子在水塘里捉些小鱼儿，炒熟了给小弟弟吃。那时我们家吃不起油，妹妹炒鱼时只能放一点盐。我闻到炒熟的小鱼儿很香，也想吃。我骗小弟弟，说替他拿着小鱼儿，他吃一个，我就给他发一个。结果有一半小鱼儿跑到我肚子里去了，小弟弟再伸手跟我要，就没有了。小弟弟突然病死后，我想起了这件事，觉得非常痛心，非常对不起小弟弟。于是我狠哭狠哭，哭得浑身抽搐，四肢麻木，几乎昏死过去。母亲赶紧找来一个老先生，让人家给我扎了几针，放出几滴血，我才缓过来了。

我妹妹下面还有一个弟弟，是我们的二弟弟。二弟弟到了上学年龄，母亲按时让他上学去了。这时候，母亲仍没有让妹妹去上学。妹妹没有跟二弟弟攀比，似乎也没有什么怨言，每天照样下地薅草，拾柴，放羊。大姐二姐都在生产队里干活儿，挣工分。妹妹还小，队里不让她挣工分，她只能给家里干些放羊拾柴的小活儿。我们家做饭烧的柴草，多半是妹妹拾来的。妹妹一天接一天地把小羊放大了，母亲把羊牵到集上卖掉，换来的钱一半给我和二弟弟交了学费，另一半买了一只小猪娃。这些情况我当时并不完全知道。妹妹每天下地，我每天上学，我们很少在一起。中午我回家吃饭，往往看见妹妹背着一大筐青草从地里回来。我们家养猪很少喂粮食，都是给猪喂青草。妹妹每天至少要给猪薅两大筐青草，才能把猪喂饱。妹妹的脸晒得通红，头发辫子毛茸茸的，汗水浸湿了打着补丁的衣衫。我对妹妹不是很关心，看见她跟没看见她差不多，很少跟她说话。妹妹每天薅草，喂猪，我当时没觉得有什么不正常。至于家里让谁上学，不让谁上学，那是母亲的事，不是我的事。

　　妹妹是很聪明的，学东西很快，记性也好。我们村有一个老奶奶，会唱不少小曲儿。下雨天或下雪天，妹妹到老奶奶家去听小曲儿，听几遍就把小曲儿学会了。妹妹唱得声音颤颤的，虽说有点胆怯，却比老奶奶唱的还要好听许多。我们在学校里唱的歌，妹妹也会唱。我想定是我们在教室里学唱歌时，被妹妹听到了。我们的教室是土坯房，房四周裂着不少缝子，一唱歌传出很远。妹妹也许正在教室后面的坑边薅草，她一听唱歌就被吸引住了。妹妹不是学生，没有资格进教室，她就跟着墙缝子里冒出来的歌声学。不然的话，妹妹不会那么快就把我们刚学会的歌也学会了。我敢说，妹妹要是上学的话，肯定是一个好学生，学习成绩一定很好，在班里不能拿第一名，也能拿第二名。可惜得很，妹妹一直没得到上学的机会。

　　我考上镇里的中学后，就开始住校，每星期只回家一次。我星期六下午回家，星期天下午按时返校。我回家一般也不干活儿，主要目的是回家拿吃的。母亲为我准备下够一星期吃的红薯和红薯片子磨成的面,我带上就走了。秋季的一个星期天,我又该往学校背面了,可家里一点面也没有了。夏季分的粮食吃完了,秋季的庄稼还没完全成熟,怎么办呢?我还要到学校上晚自习,就怏怏不乐地走了。我头天晚上没吃饭,第二天早上也没吃东西,饿着肚子坚持上课。那天下着小雨,秋风吹得窗外的杨树叶子哗哗响,我身上一阵阵发冷。上完第二节课,课间休息时,同学们都出去了,我一个人在教室里待着。有个同学在外面告诉我,有人找我。我出去一看,是妹妹来了。她靠在一棵树后,很胆怯的样子。妹妹的衣服被雨淋湿了,打缕的头发沾在她的额头上。她从怀里掏出一个黑毛巾包递给我。我认出这是母亲天天戴的头巾。里面包的是几块红薯,红薯还热乎着,冒着微微的白汽。妹妹说,这是母亲从自留地里扒的,红薯还没长开个儿,扒了好几棵才这么多。我饿急了,拿过红薯就吃,噎得我胸口直疼。事后知道,妹妹冒着雨在外面整整等了我一个课时。她以前从未来过我们学校,见很大的校园里绿树成荫,鸦雀无声,一排排教室里正在上课,就躲在一棵树后,不敢问,也不敢走动。她又怕我饿得受不住,急得都快哭了。直到下课,有同学问她,她才说是找我。

后来我到外地参加工作后,给大姐、二姐都写过信,就是没给妹妹写过信。妹妹不识字,给她写信她也不会看。这时我才想到,妹妹也该上学的,哪怕像两个姐姐那样,只上几年学也好呀。妹妹出嫁后,有一次回家问我母亲,她小时候为什么不让她上学。妹妹一定是遇到了不识字的难处,才向母亲问这个话。母亲把这话告诉我了,意思是埋怨妹妹不该翻旧账。我听后,一下子觉得十分伤感。我觉得这不是母亲的责任,是我这个长子长兄的责任。母亲一心供我上学,就没能力供妹妹上学了。实际上是我剥夺了妹妹上学的权利,或者说是妹妹为我做出了牺牲。牺牲的结果,我妹妹一辈子都是一个睁眼瞎啊!

在单位，一听说为"希望工程"捐款，我就争取多捐。因为我想起了我妹妹，想到还有不少女孩子像小时候的我妹妹一样，因家庭困难而上不起学。有一年春天，我到陕西一家贫困矿工家里采访。这家有一个正上小学六年级的女孩子，还是班长和少先队的大队长。我刚跟女孩子的母亲说了几句话，女孩子就扭过脸去哭起来。因为女孩子的父亲因意外事故死去了，家里为她交不起学费，女孩子正面临失学的危险。女孩子最害怕的就是不让她继续上学。这种情况让我马上想到了我二姐，还有我妹妹。我的眼泪啦啦地流，哽咽得说不成话，采访也进行不下去。我掏出一点钱，给女孩子的母亲，让她给女孩子交学费，千万别让女孩子失学。

我想过，给"希望工程"捐款也好，替别的女孩子交学费也好，都不能给我妹妹弥补什么。可是，我有什么办法呢？

凭什么我可以吃一个鸡蛋

1967年初中毕业后，我回乡当了两年多农民。我承认，我不是一个好农民，因为我对种地总也提不起兴趣。我成天想的是，怎样脱离家乡那块黏土地，到别的地方去生活。我不敢奢望一定到城市里去，心想只要挪挪窝儿就可以。

若是我从来没有外出过，走出去的心情不会那么急切。在1966年秋冬红卫兵大串联期间，当年15岁的我，身穿黑粗布棉袄、棉裤，背着跟当过兵的堂哥借来的黄书包，先后到了北京、武汉、长沙、杭州、上海、南京等大城市，在湘潭过了元旦，在上海过了春节。外出之前，我是一个黄巴巴的瘦小子。串到城市里的红卫兵接待站，我每天吃的是大米饭、白面馒头，有时还有鱼和肉。串了一个多月回到家，我的脸都吃大了，几乎成了一个胖子。这样一来，我的欲望就膨胀起来了，心也跑野了。我的头脑里装进了外面的世界，知道天外有天，河外有河，外面是那样广阔，那般美好。回头再看我们村庄，灰灰的，矮趴趴的，又瘦又小，实在没什么吸引人的地方。不行，我要走，我要甩掉脚上的泥巴，到别的地方去。

　　这期间，我被抽调到公社毛泽东思想文艺宣传队干了一段时间。在宣传队也不错，我每天和一帮男女青年唱歌跳舞，移植革命样板戏，到各大队巡回演出，过的是欢乐的日子。宣传队没有食堂，我们到公社的小食堂，跟公社干部们一块儿吃饭。干部们吃豆腐，我们跟着吃豆腐；干部们吃肉包子，我们也吃肉包子。我记得，我们住在一家被打倒的地主家的楼房里，公社每月发给我们每人15块钱生活费，生产队还按出满勤给我们记工分。我们的待遇很让农村青年们羡慕。要是宣传队长期存在就好了，那样的话，我就不用再回到庄稼地里去。不料宣传队是临时性的，它头年秋后成立，到了第二年春天，小麦刚起身就解散了。没办法，再留恋宣传队的生活也无用，我只得拿起锄头，重新回到农民的行列。

　　还有一条可以走出农村的途径，那就是去当兵。那时全国人民学习解放军的口号喊得震天响，农村青年对应征入伍都很积极。我曾两次报名参军，体检都没问题。但一到政治审查这一关，就把我刷下来了。原因是我父亲曾在冯玉祥部当过一个下级军官，被人说成是历史反革命。想想看，一个历史反革命的儿子，人家怎么能容许你混入革命队伍呢！第一次报名参军不成，已经让我感到深受打击。第二次报名参军又遭拒绝，使我几乎陷入一种绝望的境地。我觉得自己完蛋了，这一辈子再也没什么前途了。我甚至想到，这样下去，活着还有什么意思呢！

　　我消沉下来，不愿说话，不愿理人，连饭都不想吃。我一天比一天瘦，忧郁得都挂了相。憋屈得实在受不了，我的办法是躲到村外一片茂密的苇子棵里去唱歌。我选择的是一些忧伤的、抒情的歌曲，大声把歌曲唱了一支又一支，直唱得泪水顺着两边的眼角流下来，并在苇子棵里睡了一觉，压抑的情绪才稍稍有所缓解。

母亲和儿子是连心的，我悲观的情绪自然是瞒不过母亲。我知道母亲心里也很难过，但母亲不能改变我的命运，也无从安慰我。"文革"一开始，母亲就把我父亲穿军装的照片和她自己随军时穿旗袍的照片统统烧掉了。照片虽然烧掉了，历史是烧不掉的。已经去世的父亲无论如何也想不到，他的那段历史会株连到他的儿子。母亲曾当着我的面埋怨过父亲，说都是因为父亲的过去把我的前程给耽误了。母亲埋怨父亲时，我没有说话，没有顺着母亲的话埋怨父亲，更没有对母亲流露出半点不满之意。母亲为了抚养她的子女，承受着一般农村妇女所不能承受的沉重压力，已经付出了万苦千辛，如果我再给母亲脸子看，就显得我太没人心。我不怨任何人，只怨自己命运不济。

有一天早上，母亲做出了一个决定，给我煮一个鸡蛋吃。我们家通常的早饭是，在锅边贴一些红薯面的锅饼子，在锅底烧些红薯茶。锅饼子是死面的，红薯茶是稀汤寡水。我们啃一口锅饼子，喝一口红薯茶，没有什么菜可就，连腌咸菜都没有。母亲砸一点蒜汁儿，把鸡蛋剥开，切成四瓣，泡在蒜汁儿里，给我当菜吃。鸡蛋当时在我们那里可是奢侈品，一个人一年到头都难得吃一个鸡蛋。过麦季时，往面条锅里打一些鸡蛋花儿，全家人吃一个鸡蛋就不错了。有的人家的娇孩子，过生日时才能吃到一个鸡蛋。那么，差不多家家都养鸡，鸡下的蛋到哪里去了呢？鸡蛋一个个攒下来，拿到集上换煤油和盐去了。比起吃鸡蛋，煤油和盐更重要。没有煤油，就不能点灯，夜里就得摸黑。没有盐吃，人干活儿就没有力气。我家那年养有一只公鸡，两只母鸡。由于舍不得给鸡喂粮食，母鸡下蛋下得不是很勤奋，一只母鸡隔一天才会下一个蛋。以前，我们家的鸡蛋也是舍不得吃，也是拿鸡蛋到集上换煤油和盐。母亲这次一改往日的做法，竟拿出一个鸡蛋给我吃。我在大串联时和宣传队里吃过好吃的，再吃又硬又黏的红薯面锅饼子，实在难以下咽。有一个鸡蛋泡在蒜汁儿里当菜就好多了，我很快就把一个锅饼子吃了下去。

问题是,我母亲没有吃鸡蛋,大姐、二姐没有吃鸡蛋,妹妹和弟弟也没有吃鸡蛋,只有我一个人每天早饭时吃一个鸡蛋。我吃得并不是心安理得,但让我至今回想起来仍感到羞愧甚至羞耻的是,我没有拒绝,的确一次又一次把鸡蛋吃掉了。我没有让给家里任何一个亲人吃,每天独自享用一个宝贵的鸡蛋。我那时还缺乏反思的能力,也没有自问:凭什么我就可以吃一个鸡蛋呢?要论辛苦,全家人数母亲最辛苦。为了多挣工分,母亲风里雨里,泥里水里,一年到头和生产队里的男劳力一起干活儿。冬天下雪,村里别的妇女都不出工了,母亲还要到场院里去给牲口铡草,一趟一趟往麦子地里抬雪。要数对家里的贡献,大姐、二姐都比我贡献大。大姐是妇女小组长,二姐是生产队的妇女队长,她们干起活儿来都很争强,只能冲在别人前头,绝不会落在别人后头。因此,她们挣的工分是妇女劳力里最高的。要按大让小的规矩,妹妹比我小两岁,弟弟比我小五岁,妹妹天天薅草,拾柴,弟弟正上小学,他们正是长身体的时候,更需要营养。可是,他们都没有吃鸡蛋,母亲只让我一个人吃。

我相信,他们都知道鸡蛋好吃,都想吃鸡蛋。我不知道,母亲在背后跟他们说过什么没有,做过什么工作没有,反正他们都没有提意见,没有和我攀比,都默默地接受了让我在家里搞特殊化的现实。大姐、二姐看见我吃鸡蛋,跟没看见一样,拿着锅饼子,端着红薯茶,就到别的地方吃去了。妹妹一听见刚下过蛋的母鸡在鸡窝里叫,就抢先去把温热的鸡蛋拾出来,递给母亲,让母亲煮给我吃。

我不是家长,家长还是母亲,我只是家里的长子。作为长子,应该为这个家多承担责任,多做出牺牲才是。我没有承担什么,更没有主动做出牺牲。我的表现不像长子,倒像是家里最小的孩子。

我们那里有句俗话,会哭闹的孩子有奶吃。我没有哭,没有闹,有的只是苦闷,沉默。也许在母亲看来,我不哭不闹,比又哭又闹还让她痛心。可能是母亲怕我憋出病来,怕我有个好歹,就决定让我每天吃一个鸡蛋。

姐妹兄弟们生来是平等的,在一个家庭里应该有着平等的待遇。如果父母对哪个孩子有所偏爱,或在物质利益上格外优待某个孩子,会被别的孩子说成偏心,甚至会导致产生家庭矛盾。母亲顾不得那么多了,毅然做出了让我吃一个鸡蛋的决定。

如今,鸡蛋早已不是什么奢侈品,家家都有不少鸡蛋,想吃几个都可以。可是,关于一个鸡蛋的往事却留在我的记忆里了。时间过去了四十多年,记忆不但没有模糊,反而变得愈发清晰。鸡蛋像是唤起记忆的一个线索,只要一看到鸡蛋,一吃鸡蛋,我心里一停,又一突,那个记忆就回到眼前。一个鸡蛋的记忆几乎成了我的一种心理负担,它教我反思,教我一再自问:凭什么我可以吃一个鸡蛋?自问的结果是,我那时太自私,太不懂事,我对母亲、大姐、二姐、妹妹和弟弟都心怀愧悔,永远的愧悔。

在母亲最后的日子里,我天天陪伴母亲。我的职业性质使我可以支配自己,有时间给母亲做饭,陪母亲说话。有一天,我终于对母亲把我的愧悔说了出来。我说:那时候我实在不应该一个人吃鸡蛋,过后啥时候想起来都让人心里难受。我想,母亲也许会对我解释一下让我吃鸡蛋的缘由,不料母亲却说:都是过去的事了,你这孩子,还提它干什么!

2012年12月20日于北京小黄庄

用一根头发做手术

　　不知道您信不信,母亲为我做过手术。母亲做手术,不用剪子,不用刀,也不打什么麻药,只从头上取下一根头发,就把手术完成了。母亲的手术做得很成功,达到了她预期的效果。

　　朋友们千万别以为我母亲是个医生,哪里呀,我母亲一天学都没上过,连自己的名字都不会写,怎么可能当医生呢!

　　母亲先是生了我大姐,接着生了我二姐。大姐出生时,奶奶还算高兴。又有了我二姐,奶奶就不大高兴。她不仅仅是不高兴,竟禁不住咧着嘴大哭起来。请不要笑话我奶奶,在我看来,传宗接代也许是奶奶的人生使命,也是她的价值观所在。奶奶年纪大了,身体也不好,她担心自己临死前见不到孙子,一辈子都白活了。奶奶咬牙坚持着,不许自己死。她要求看病,主动吃药,是不见孙子誓不罢休的意思。我出生后,当奶奶确认我是一个男孩儿,她像是实现了自己的全部价值,达到了人生的最终目的,不久就高高兴兴地去世了。

　　对于像奶奶这样的传统观念,我母亲也未能避免。但母亲的表现不像奶奶那么明显。孩子都是自己的亲骨肉，对所生的每个孩子，母亲都喜欢。只是比较而言，母亲对男孩子更重视一些。作为母亲的第一个儿子，母亲对我的重视，是在我出生之际，首先对我进行了一番彻头彻尾的审视，看看我小小的身体是否完整，有没有什么缺陷。审视的结果，母亲果然有所发现。她倒是没发现我身体上缺少什么零件，而是发现多出了两个零件。多出来的两个零件是什么呢？是长在我左侧耳孔边的两个肉瘤子。别人的耳朵上长肉瘤子的情况是有的，但一般来说只长一个，我却一下子长了两个。问题是，其中一个肉瘤子还比较长，长得有些下垂。肉瘤子的形状也不好看，两头粗，中间细，像一个弹花锤。母亲大概觉得这样的肉瘤子不好看，会影响我的形象，决定对肉瘤子实行减法，把"弹花锤"减掉。母亲不会送我去医院，因为附近镇上虽然有一个卫生院，但院里没有一个医生会做手术。母亲也不会送我去县医院，一是我们家离县医院太远了，二是母亲想到，医生要是对我的肉瘤子动剪子动刀，我的耳朵就要流血。母亲可不愿意让她刚出生的儿子受那个罪。

世界上所有的母亲，对自己的孩子都很疼爱。然而要是不举例说出一些细节，就难以证明母亲对孩子疼爱到什么程度。这里请允许我说一个细节，看看母亲对我的疼爱是多么极端。我出生在天寒地冻的腊月，母亲怕冻着我，舍不得让我在被窝儿外面撒尿，宁可让我把尿撒在被窝儿里。更有甚者，我都一岁多了，母亲明明觉出我把尿撒到了她身上，她并不叫醒我，不中断我，任我把一泡尿尿完。母亲说，我尿到半截，她要是叫醒我，害怕我突然憋尿，会憋出毛病来。母亲还对我父亲说，我撒出的尿热乎乎的，一点儿都不凉。有一个词叫溺爱，母亲对我的疼爱完全可以用这个词来形容。母亲的娇生惯养，使我养成了一个坏毛病，直到上了中学，我有时还尿床。

母亲对我如此疼爱，却要把我耳朵上的一个肉瘤子去掉，这就构成了一对矛盾。这个矛盾怎么解决呢？我的母亲是有智慧、有耐心的母亲，她的办法是从自己头上扯下一根头发，把头发系在肉瘤子最细的地方，循序渐进，一点一点把头发勒紧。母亲后来告诉我，她都是趁给我喂奶的时候，趁我把注意力都集中在吃奶上，她才把头发给我紧一紧。就这样日复一日地紧下来，肉瘤子的顶端部分开始变红，发肿，发紫。六七天后，直到顶端部分变得像一粒成熟的紫葡萄，便果熟蒂落般地自动脱落下来。我那时还不记事，连对疼痛的记忆能力都没有。或许母亲做的手术没有带给我任何疼痛，在我不知不觉间，和我的身体血肉相连的一个小肉瘤就永远离我而去。一根头发微不足道，它没有什么硬度，更谈不上锋利，但它以柔克刚，切断的是我的身体向瘤子顶端供血、供养的通道，起到的是与剪子和刀子同样的作用。

我耳朵上肉瘤子的残余部分如今还存在着，我抬手就能摸到，一照镜子就能看到，它仿佛一直在提醒着整个做手术的过程。但回忆起来，在母亲生前，我们母子并没有就这个事情进行过深入交流。母亲是多次讲过她如何去掉了这个肉瘤子，却一次都没说过她为何要去掉这个肉瘤子。在我这方面呢，也从没有问过母亲为我勒掉其中一个肉瘤子的原因。事情的微妙之处就在这里。人说母子连心，我隐隐觉得，母亲的用心我是知道的。母子之间的有些事情心里明白就行了，没有必要一定要说出来。在我们老家，男孩子的左耳上如果只长一个肉瘤子，被说成是拴马桩。进而普遍的说法是，长有拴马桩的男孩子预示着有富贵的前程。那么，一只耳朵上长两个肉瘤子算什么呢？有什么样的解释呢？没听说过。我想，两个瘤子是二瘤子，二瘤子是二流子的谐音。而二流子指的是不务正业、游手好闲、好吃懒做的人。我的勤劳要强的母亲，可不愿意让她的儿子成为一个像二流子一样的人。我敢大胆断定，我母亲就是这么想的。

养儿教儿，母亲这么做，其实是在塑造我。打我一出生，母亲对我的塑造就开始了。在塑造我外形的同时，也在塑造我的内心。当然，母亲对我的塑造不止这一项，我成长过程中的每一步，都离不开母亲的塑造。尽管母亲已经去世十多年了，她的在天之灵对我的塑造仍在进行之中。好在我没有辜负母亲的心愿，至少没有成为一个二流子。

2017年9月25日于北京和平里

（载《北京观察》2018年第4期）

文友相伴

作家中的思想家

——怀念史铁生

史铁生离开我们已经十年了,我时常想念他。每想起史铁生,我的心思都会走得很远很远,远得超过了十年,二十年,三十年,好一会儿回不过神来。

在史铁生辞世两周年之际,中国作家协会曾组织召开了一场对史铁生作品的讨论会,铁凝、张海迪、周国平等众多作家、评论家和学者与会,对史铁生的人格修为和创作成就做出了高度评价。讨论会达成了一个令人难忘的共识:在这个不轻言"伟大"的时代,史铁生无愧于一个伟大的生命,伟大的作家。

在那次讨论会上,我简短地发了言,谈到史铁生坚强的生命力量,超凡的务虚能力,还谈到做梦梦见史铁生的具体场景和生动细节。随后我把发言整理成一篇千把字的文章,发在北京的一家报纸上,文章的题目叫《梦见了史铁生》。我一直觉得文章过于短了,不能表达我对史铁生的理解、敬意和思念之情,甚至对不起与史铁生生前的诸多交往。在纪念史铁生先生逝世十周年的日子,请允许我用稍长一点的篇幅,回顾一下结识史铁生的过程,再认识史铁生作品独特的思想内涵,以表达我对史铁生的深切怀念。

读好作品如同交心,读了《我的遥远的清平湾》,我的心仿佛一下子与史铁生的心贴得很近,几乎萌生了同气相求般的念头。我知道,当年我所供职的煤炭工业部离史铁生的家很近,一个在地坛公园的北门外,一个在地坛公园的南门外,我只需从北向南穿过地坛公园,步行十几分钟就可以到达史铁生的家,见到我渴望拜访的史铁生。可是,我不会轻易贸然登门去打扰他。他身体不好,精力有限,需要保持相对自主和宁静的生活。特别是我在有的媒体看到,史铁生因承受不起众多热情读者的造访,不得不在门上贴了"谢客"的告知。在这种情况下,我更得尊重他的意愿。在尊重他人意愿的同时,也是尊重我自己。地转天也转,我坚信总有一天我会遇见史铁生。好比一个读者遇见一本儿好书,我遇见史铁生也应该是一件自然而然的事。

事情的经过,说来好像是一个故事,为我和史铁生牵线搭桥的竟然是远在上海的王安忆。1986年秋后,我应上海文艺出版社之约写完了一部长篇小说。因小说是一遍完成,没有誊抄,没留底稿,我担心通过邮局邮寄把书稿弄丢就不好了,就把一大摞稿子装进一只帆布提包里,让我妻子提着提包,坐火车把稿子送到上海去了。此前,王安忆在《北京文学》上看到了我的短篇小说《走窑汉》,知道了我的名字。她听《上海文学》的编辑姚育明说我妻子到了上海,就让我妻子到她家去住。我妻子以前没见过王安忆,不好意思到王安忆家去住,打算住旅馆。王安忆说:大家都不富裕,能省一分就省一分。王安忆又说她丈夫出差去了,只有她一个人在家,我妻子住在她家里是可以的,不必有什么不好意思。就这样,和王安忆一样,同是当过下乡知青的我妻子姚卫平就住进了王安忆的家。晚上,我妻子和王安忆一块儿看电视，见王安忆一边看电视，手上还在一边织着毛衣。整件毛衣快织好了，已到了收袖阶段。我妻子也很爱织毛衣，织毛衣的水平也很高。说起织毛衣的事，王安忆告诉我妻子，这件毛衣是为史铁生织的，天气一天比一天冷，毛衣一织好，她马上给史铁生寄去。我妻子一听对王安忆说，毛衣织好后不要寄了，她回北京时捎给史铁生不就得了。王安忆说那也好。

我妻子在一天上午从上海回到北京，当天下午，我和妻子就各骑一辆自行车，从我家住的静安里，到雍和宫旁边的一个平房小院，给史铁生送毛衣去了。我记得很清楚，那天的北风刮得很大，满城似乎都在扬沙。我们得顶着寒风，眯着眼睛，才能往前骑。我还记得很清楚，王安忆为史铁生织的毛衣是墨绿色，纯羊毛线的质地，织毛衣的针型不是"平针"，是"元宝针"，看去有些厚重，仅用手一抚，就给人一种温暖的感觉。

收到毛衣的史铁生显得有些激动，他激动的表现是举重若轻，以说笑话的口气，在幽默中流露出真诚感激的心意。他说，王安忆那么大的作家，她给我织毛衣，这怎么得了，我怎么当得起！我看这毛衣我不能穿，应该在毛衣上再绣上王安忆织几个字，然后送到博物馆里去。

我注意看了一下，史铁生身上所穿的一件驼色平针毛衣已经很旧，显得又小又薄又瘦，紧紧箍在他身上，他坐在轮椅上稍一弯腰，后背就露了出来。王安忆此时为史铁生织了一件新的毛衣，可以说是必要的，也是及时的，跟雪中送炭差不多吧。

通过交谈得知，史铁生生于1951年的年头，我和妻子生于1951年的年尾，我们虽然同岁，从生月上算，他比我们大了11个月多。从那以后，我们就叫他铁生兄。

我和铁生兄交往频繁的一段时间，是在1993年春天的四五月间。

那段时间，王安忆让我帮她在北京借了一小套单元房，一个人在单元房里写东西。在开始阶段，王安忆的写作几乎是封闭性的，她不想让别人知道她在北京写作，也不和别的文友联系。她主动看望的作家只有一位，那就是史铁生。此时，史铁生的家已从雍和宫那里搬到了城东的水碓子。王安忆写作的地方离史铁生的家比较远，王安忆对北京的道路又不熟悉，她每次去史铁生家，都是让我陪她一块儿去。每次见到史铁生，王安忆都是求知欲很强的样子，都是"终于又见到了铁生"的样子，总是有许多问题要向史铁生发问，总是有许多话要与史铁生交谈。常常是，我们进屋后还未及寒暄，他们之间的交谈就进入了正题。在我的印象里，王安忆在别人面前话是很少的，有那么一点儿冷，还有那么一点儿傲。只有在史铁生面前，她才显得那么谦虚、热情、话多，简直就是拜贤若渴。他们的交谈，涉及的内容十分广泛，有中国的，世界的；历史的，现实的；哲学的，艺术的；抽象的，具体的等等，可谓思绪飞扬，海阔天空。比如王安忆刚出版了新的长篇小说《纪实与虚构》，史铁生看过了，她要听听史铁生的批评意见。比如他们谈到对同性恋的看法，对同性恋者应持什么样的态度。再比如他们探讨艺术的起源，是贵族创造了艺术，还是民间创造了艺术？富人和穷人谁更需要欣赏艺术？由于王安忆的问题太多，有时会把史铁生问得卡了壳。史铁生以手扶额，说这个这个，您让我想想。仍想不起该怎么回答，他会点一颗烟，借助烟的刺激性力量调动他的思维。由于身体的限制，史铁生不能把一颗烟抽完，只能把一颗烟抽到三分之一，或顶多抽到一半，就把烟掐灭了。抽了几口烟之后他才说：我想起来了，应该这么说。

　　王安忆如此热衷于和史铁生交谈，可她对史铁生的看法并不是一味认同，而是有的认同，有的不认同。对于不认同的看法，她会严肃认真地摇头，说她觉得不是，遂说出自己不认同的理由。王安忆这样做，像是准备好了要去找史铁生"抬杠"似的，并在棋逢对手的"抬杠"中激发思想的火光，享受在心灵深处游走的乐趣。

  由于思想水平不在一个层面上，对于他们两个的争论，我只能当一个旁听者，一点儿都插不上嘴，跟一个傻瓜差不多。不过，听两个智者的争论，对我也有启迪，它至少让我懂得，世界上存在着很多问题，需要人类用心发现，加以思索。人类的大脑就是用来思索的，如果不思索，身体上方顶着一个脑袋恐怕跟顶着一个葫芦差不多。特别让我记忆深刻的是，有一次铁生兄在观察了我的头形之后对我和妻子说：我看庆邦的脑容量挺大的。在此之前，我从来未注意过自己的头形，也没有听说过脑容量这样的说法。是铁生兄的提示，使我意识到自己不但有脑子，而且脑子的容量还不小。既然脑容量不小，就不能让它闲置着，空着，应当把它开发利用起来，以不辜负脑子的容量。每个人观察别人都是从自己出发，铁生兄观察了我的头形，促使我反过来观察他的头形。观察的结果让我吃惊，我发现他的头颅格外地大，比一般人的头颅都要大。由于截瘫使他身体的下半部萎缩，变细变小，与他硕大的头颅形成了反差，说句不太恭敬的话，他看上去像一个"大头娃娃"。他的脑袋之所以这样大，我想有先天的原因，也有后天的因素。他失去了肢体行动能力，脑力有所偏劳，就使脑袋越变越大。他的脑袋大，脑容量就大，大得无以伦比，恐怕比电脑的容量都大。

  史铁生的难处在于，他有这样一个超强智慧的大脑，靠这样的大脑思考和写作，供给大脑的能源却常常不给力。我们都知道，让大脑开动和运转的能源，是源源不断的供血和供氧，而铁生后来由于又得了尿毒症，恰恰是血液出了问题。为了清除血液中的毒素，保住生命和脑力劳动的能力，他不得不每星期到医院透析三次，每次都要在病床上躺两三个小时。铁生曾对我讲过，有一次在透析过程中，他亲眼看见他的被抽出的血流，在透明的塑料管子里被一朵血栓堵住了，以至于血流停止了流动，滞留的血液很快变了颜色。他赶快喊来护士，护士除掉了血栓，透析才得以继续进行。铁生还曾对我讲过，在病床上透析期间，他的脑子仍然在思索，血液循环到了体外，思索一刻都没离开过他的大脑。但由于大脑的供血和供氧不足，他的思索十分艰难，常常是好不容易得到了一个新的理念，因没有及时抓住，理念像倏忽闪过的火花一样，很快就消散了。铁生后来想了一个办法，透析时手里抓着一部手机，有了新的念头时，他赶紧在手机上记下一些记号，等回家后再在电脑上整理出来。我记下这些细节，是想让读者朋友们知道，史铁生为人类思想文化的贡献，需要付出多么顽强的意志力。我还想让大家知道，我们在享受史铁生留下的思想成果时，应该感知到他的作品千辛万苦不寻常，看来字字都是血啊！

王安忆在北京写作的消息，还是被有的作家朋友知道了，他们打电话找到我，纷纷要求请王安忆吃饭，和王安忆聚一聚。参加聚会的主要作家有莫言、刘恒、刘震云、王朔等。当然了，每次聚会都少不了铁生。我在一些西方作家的传记中，看到在巴黎、伦敦、莫斯科等首都城市形成的文学沙龙，对某些作家的成长和提升曾起了重要的作用。我们那段时间的频繁聚会，几乎形成了一个文学沙龙，"沙龙"的活动让我受益良多。我想我是沾了王安忆和史铁生的光，不然的话，那些在京城已经很有名气的作家不一定会带我玩。就史铁生的身体状况而言，其实他不适合外出参加那样的聚会，看着满桌子山珍海味，看到朋友们大吃大喝，他一点儿都不敢多吃。比如说他很喜欢吃花生米，可他每次只能吃六粒，多吃一粒，钾就会超标。他每次去参加聚会，对他来说都是一种负担。可为了朋友们之间的情谊，他还是坚持坐着轮椅去参加聚会。每次把铁生从家里接到饭店，差不多都是我争着为他推轮椅。我个子较低，轮椅也低，我推比较合适。还有，我视铁生为兄长，我在他身后为他推轮椅，感觉有一种亲近感。

王安忆回上海后,我和妻子还是经常去看史铁生。有两三年的春节前,我和妻子每次去看史铁生,都会给铁生提去一桶十斤装的花生油。铁生和他的妻子陈希米,都不愿意让我们给他们送东西。有一次,铁生笑着说了一个词,让我觉得也很好笑。他说出来的词叫揩油,说我们给他送油,他就成了一个揩油者。我解释说:快过年了,我们单位给每人发了一桶油,我妻子的单位给每个职工发的也是油,这么多油吃不完,你们就算帮我们吃点儿吧。

在春节前去看望铁生,铁生会送给我们他亲手制作的贺年卡。要是赶上铁生出的有新书,他就会签名送我们一本。有一回,铁生一下子送给我们三本人民文学出版社出版的、厚重的《史铁生作品集》,在每本集子的扉页上都写上了我和妻子的名字。对于史铁生的每一部作品,我都是抱着十分虔诚的态度,就近放在手边,一点一点慢慢看,细细读。在我自己写作的间隙,需要休息一会儿,就捧起他的书,看上那么一两页。我在书中不仅夹有书签,还有圆珠笔,看到让我会心的地方,我就会暂停阅读,用笔在文字下面画上横线做标记。拿史铁生的《病隙碎笔》来说,我读了将近半年才读完。我们不能像平时消费故事一样读史铁生的书,因为史铁生为我们提供的是与一般的写作者写的完全不一样的书。如果说史铁生的书里也有故事,那不是现实的故事,是务虚的故事;如果说他的作品里也有抒情,那不是形而下的抒情,而是形而上的抒情;如果说他作品中的人物也有表情,那不仅是感性的表情,更是思想的表情;如果说他的书写也离不开文字,他的文字不再是具象的,而是抽象的。史铁生的创作之所以为一般人所不能想象,之所以达到了别的创作者不能企及的高度和深度,是被逼出来的,命运把他逼到墙角,促使他置于死地而后生。轮椅上的生活,限制了它的外部活动,他只能转向内部,转向内心深处,并拿起思考的武器,进入一种苦思冥想的生活。像我们这些身体健全的人,整天耽于物质生活的丰富和外部生活的活跃,没时间也没能力思考那些玄妙而高深的问题,对世界的认识只能停留在人所共知的水平。史铁生以巨大的心智能量,以穿越般的思想力度,还有对生命责任的担当,从层层灰暗的概念中索取理性之光,照亮人们的前行之路。周国平先生称史铁生是"轮椅上的哲人"。铁凝评价史铁生说:铁生是一个真正有信仰的人,一个真正坚持精神高度的写作者,淳厚,坦然,诚朴,有尊严。他那么多年坐在轮椅上,却比很多能够站立的人看得更高,他那么多年不能走太远的路,却比游走四方的人拥有更辽阔的心。

我们都知道,作家的写作,背后离不开哲学的支持,特别是离不开务虚哲学的支持。然而我们不得不承认,我国的务虚哲学是薄弱的,匮乏的,以致我们的写作得不到提升,不能乘风飞翔,只能在现实的泥淖里挣扎。中华民族几千年文明史,不能说我们没有哲学,哲学还是有的,但我们的哲学多是社会哲学、道德哲学、人生哲学、处世哲学,还有治国哲学、集体哲学、权力哲学、斗争哲学等,多是实用性的功利主义哲学。我们说史铁生的写作上升到了哲学的高度,在于他贡献的是生命哲学,是超越了功利的哲学。我们长期缺乏的就是生命哲学,在20世纪末和21世纪初,是史铁生先生填补了这项空白。史铁生紧紧扣住生命本身这个哲学命题,深入探讨的是肉身与精神、精神与灵魂、生与死、神与梦,还有善与恶、爱与性、遮蔽与敞开、幸福与痛苦等等。史铁生认为,不能把人的精神和灵魂混为一谈,这两者是有区别的,灵魂在精神之上。他谈到:"人死后灵魂依然存在,是人类高贵的猜想。""灵魂的问题从来就在信仰的领域。""并非看得见摸得着的东西才存在。""作恶者更倾向于灵魂的无。死即是一切的结束,恶行便告轻松。"史铁生的论述,给我留下印象最深的是关于生命与生俱来的三个困境,那就是孤独、痛苦和恐惧。孤独,是因为人生来只能是自己,无法与他人彻底沟通。痛苦来自无穷的欲望,实现欲望的能力永远赶不上欲望的能力。恐惧是害怕死亡，又不可避免走向死亡。史铁生指出生命的困境不是悲观的目的，还要赋予生命以理想的、积极的意义。他接着指出：正是因为有了孤独，爱就显得弥足珍贵；如果没有欲望的痛苦，就得不到实现欲望的快乐；生命的短暂，人生的虚无，反而为人类战胜自己、超越困境和证明存在的意义敞开了可能性空间。

西方哲学家关于生命的哲学，一般来说是从概念到概念，从虚到虚。史铁生不是，他的生命哲学是从自己出发，从自己饱经苦难的生命出发，以自己深切的生命体验作为坚实可靠的依据。他的哲学先是完成了一种灵魂的自我拯救，再是指向对所有灵魂的拯救。正如中国社会科学院文学研究所研究员陈福民所言：史铁生以自己的苦难，为我们这些健全人背负了生与死的沉重答案，他用自己的苦难提升了大家对生命的认识，而我们没有任何成本地享受了他所达到的精神高度。从这个意义上说，史铁生堪称当代文化英雄。

很多人对死有所避讳，甚至有些自欺，不愿谈死。史铁生直面死亡，是作家中谈死最多的一位。他说："人什么都可能躲过，唯死不可逃脱。"他把人之死说成是节日，"死是一个必将到来的节日。"接着他竭力试图证明，人的死是不可能的。生命是一种欲望，人是热情的载体，是人世间轰轰烈烈的消息生生不息的传达者，圆满不可抵达的困惑和与之同来的思与悟，使欲望永无终途。所以一切尘世之名都可以磨灭，而"我"不死。"死，不过是一个辉煌的结束，同时是一个灿烂的开始。"在《我与地坛》结尾处，史铁生把生命比喻成太阳，"但是太阳，他每时每刻都是夕阳也都是旭日。当他熄灭着走下山去收尽苍凉或残照之际，正是他在另一面燃烧着爬上山巅布散烈烈朝辉之时。"

读史铁生的作品读得多了，我从中读出了一种浓厚的宗教般的情怀，并读出了默默的超度人的灵魂的力量。莫言在评价史铁生的题词里说过:"在他面前,坏蛋也能变为好人,绝望者会重新燃起希望之火。这就是史铁生的道德力量。"史铁生的文章不是宗教的信条,他也没承认过自己信什么教派,但他的一系列关于生命哲学的文章,的确与宗教信仰有相通之处。反正我读了他的文章之后,至少能够比较达观地看待死亡,对死亡不那么恐惧了。

但是,我们还是希望铁生兄能够活着,活得时间越长越好。只有他还活着,我们才能去看望他,跟他交谈,他才能继续写书给我们看。由于铁生的身体是那样在风雨中飘摇的状况,我们时常为他担着一把心,担心他有一天会离我们而去。2010年2月4日,我们在有的媒体上看到史铁生病危的消息,我和妻子都吃了一惊。未及和陈希米取得联系,我们就匆匆赶到史铁生家,看看究竟发生了什么。还好还好,我们来到铁生家一看,见铁生一切都好好的,仍在以惯常慈爱的笑容欢迎我们。那样的消息史铁生也看到了,他笑着说:他们发了史铁生病危的消息,接着还应该发一条消息,史铁生又活过来了!这次去看望铁生,我在铁生的卧室的墙角看到一台类似升降机的东西,希米说,那的确是一台电动升降机,是搬运铁生用的。铁生需要上床休息,希米就启动升降机把铁生升到床上,铁生需要下床写作呢,希米就用机器把铁生搬到轮椅上。一同前往的朋友冯敏为铁生照了相,还为铁生、希米、我和妻子照了合影。据说那是史铁生生前最后一次照相留影。铁生开玩笑说:这次照的相就算是遗像吧!希米嗔怪铁生:你瞎说什么!希米说:我们铁生的名字起得好,铁生且活着呢!铁生继续说笑话:别人家的主妇是里里外外一把手,我们希米是里里外外一条腿。铁生这样说,是指希米的一条腿有残疾,需要借助一根拐杖在室内忙来忙去,为铁生服务。

让人痛心的日子还是不可避免地到来了,在2010年的12月31日,在北京最寒冷的日子,史铁生永远离开了我们。是希米把铁生病逝的消息在第一时间告给王安忆,王安忆通过短信转告我们。明天就是新年,铁生怎么不等过了新年再走呢!得到铁生远走的消息,我们两口子都哭了,哽咽得半天说不出话来。我们敬爱的好兄长,他的苦难总算受到头了!

  2011年1月4日,是史铁生60岁的生日。在当日下午,有上千位铁生的读者,从全国各地自发来到北京的798时态空间画廊,共同参加铁生的生日聚会,并深切追思史铁生。那天我一下子买了三束鲜花,一束是我和妻子送给铁生的,另两束是替王安忆、姚育明献给铁生的。在追思活动现场的墙壁上,我一眼就看到了那张放大了的铁生和我们最后的合影。我在合影前伫立良久,眼泪再次从眼角涌出。在追思环节,我有幸代表北京作家协会做了一个简短的发言,我说铁生是我们的同事,我们的兄长,也是我们这个团队最具有凝聚性的力量。

  铁生高贵的心灵、高尚的人品、坚强的意志和永不妥协的精神,一直是我们学习的榜样。铁城虽然离开了我们,但死而不亡者寿,他的思想和灵魂之光会永远照耀着我们。记得我还特别说到了铁生的夫人陈希米,希米是铁生生命的支持者,也是铁生思想的同行者,简直就是铁生的一位天使,向陈希米表达了深深的敬意!

  铁生离开我们已经十年了,我相信,众多铁生的尊崇者已经等了十年,也准备了十年,大家准备在铁生逝世十周年之际,再次集合在史铁生的思想之旗下,发起新一波对史铁生的追思。我不是有意神化铁生,随着时间的推移,史铁生思想与灵魂的神性光辉正日益显现,并愈加璀璨!

          2020年12月10日早晨5点写完于福建泉州

林斤澜的看法

一转眼，林斤澜离开我们已经十年了。

四年前，我写过一篇文章：《北京作家终身成就奖，评浩然还是林斤澜》。文章里说到，那届终身成就奖的候选人有两个，浩然和林斤澜，二者只能选其一。史铁生、刘恒、曹文轩和我等十几个评委经过讨论和争论，最后以无记名投票方式，把奖评给了林斤澜。

北京有那么多成就卓著的老作家，能获奖不易。我知道林斤澜对这个奖是在意的，获奖之后我问他：林老，得了终身成就奖您是不是很高兴？话一出口，我就意识到问得有些笨，让林老不好回答。果然，林老哈哈哈地笑了起来。正笑着，他又突然严肃起来，说那当然，那当然。他不说他自己，却说开了评委，说你看哪个评委不是厉害角色呀！

林斤澜和汪曾祺被文学评论界并称为文坛双璧，一个是林璧，一个是汪璧。既然是双璧，其价值应当旗鼓相当，交相映辉。而实际情况不是这样。相比之下，汪璧一直在大放光彩，广受青睐。林璧似乎有些暗淡,较少被人提及。或者说汪曾祺生前身后都很热闹,自称为"汪迷"和"汪粉"的读者不计其数。林斤澜生前身后都是寂寞的,反正我从没听说过一个"林迷"和"林粉"。

这怨不得别人,要怨的话只能怨林斤澜自己,谁让他的小说写得那么难懂呢!且不说别人了,林斤澜的一些小说,比如矮凳桥系列小说,连汪曾祺都说:"我觉得不大看得明白,也没有读出好来。"因为要参加林斤澜的作品讨论会,汪曾祺只好下决心,推开别的事,集中精力,读林斤澜的小说,一连读了四天。"读到第四天,我好像有点明白了,而且也读出好来了。"像汪曾祺这样通今博古、极其灵透的人,读林斤澜的小说都如此费劲,一般的读者只能望而却步。任何文本只有通过阅读才能实现其价值,读者读不懂,不愿读,价值就无法实现。关于"不懂"这个问题一直困扰着林斤澜,他好像也为此有些苦恼。他说:汪曾祺的小说那么多读者,我的小说人家怎么说看不懂呢!有一次林斤澜参加我的作品讨论会,他在会上也说过类似的话,他说:庆邦的小说有那么多读者喜欢,让人羡慕。我的小说,哎呀,他们老是说看不懂,真没办法!

林斤澜知道自己的小说难懂,而且知道现在的读者普遍缺乏阅读耐心,他会不会做出妥协,就和一下读者,把小说写得易懂一些呢?不会的,要是那样的话,林斤澜就不是林斤澜了,他我行我素,该怎么写还怎么写。关于"不懂",林斤澜与市文联某领导有过一段颇有意思的对话,他把这段对话写在《林斤澜小说经典》的序言里了。领导:"我看了你几篇东西,不大懂。总要先叫人懂才好吧。"林:"我自己也不大懂,怎么好叫人懂。"领导:"自己也不懂,写它干什么!"林:"自己也懂了,写它干什么!"听听,在这种让人费解的对话里,就可以听出林斤澜的执拗。有朋友悄悄对我说,林斤澜的小说写得难懂是故意为之,他就是在人为设置阅读障碍。这样的说法让我吃惊不小,又要写，写了又让人摸不着头脑，这是何苦呢！后来看到冰心先生对林斤澜小说的评价，说林斤澜的小说是"努力出棱，有心作杰"，话里似乎也有这个意思，说林斤澜是在有意追求曲高和杰出。

　　静下心来，结合自己的创作想一想，我想到了，要把小说写得好懂是容易的，要把小说写得难懂就难了。换句话说，把小说写得难懂是一种本事，是一种特殊的才能，不是谁想写得难懂就能做到。如愚之辈，我也想把小说写得不那么好懂一些呢！可是不行，读者一看我的小说就懂了，我想藏点什么都藏不住。在文艺创作方面，恩格斯有一句名言："对于艺术品来说，作者的倾向越隐蔽则越好。"对于这一点，很多作家都做不到，连林斤澜的好朋友汪曾祺都做不到，林斤澜却做到了。他在中国文坛的独树一帜就在这里。

　　林斤澜老师的女儿在北京郊区密云为林老买了一套房子，我也在密云买了一套房子，我们住在同一个小区。有一段时间，我几乎每天早上陪林老去密云水库边散步，林老跟我说的话就多一些。林老说，他的小说还是有人懂的。他随口跟我说了几个人，我记得有茅盾、孙犁、王蒙、丛维熙、刘心武、孙郁等。他说茅盾在当《人民文学》主编时，主张多发他的小说，发了一篇又一篇，就把他发成了一个作家。孙犁先生对他的评论是："我深切感到，斤澜是一位严肃的作家，他是真正有所探索，有所主张，有所向往的。他的门口，没有多少吹鼓手，也没有那么多轿夫吧。他的作品，如果放在大观园，他不是怡红院，更不是梨香院，而是栊翠庵，有点冷冷清清的味道，但这里确确实实储藏了不少真正的艺术品。"林老提到的几位作家，对林斤澜的人品和作品都有中肯的评价，这里就不再一一引述了。林老的意思是，对他的作品懂了就好，懂了不一定非要说出来，说出来不见得就好。林老还认为，知音是难求的，几乎是命定的。该是你的知音，心灵一定会相遇。不该是你的知音，怎么求都是无用的。

林斤澜跟我说得最多的是汪曾祺。林斤澜认为汪曾祺的名气过于大了，大过了他的创作实绩。汪曾祺是沈从文的学生，沈从文对汪曾祺是看好的。但汪曾祺的创作远远没有达到沈从文的创作成就和创作水准，无论是数量，还是质量，与沈从文相比都不可同日而语。沈从文除了写有大量的短篇小说、散文和文论，还写有中篇小说《边城》和长篇小说《长河》。而汪曾祺只写有少量的短篇小说和散文，没写过中篇小说，亦自称"不知长篇小说为何物"。沈从文的创作内涵是丰富的，复杂的，深刻的。拿对人性的挖掘来说，沈从文既写了人性的善，还写了人性的恶。而汪曾祺的创作内涵要简单得多，也浅显得多，缺少对人性的多面性进行深入的挖掘。汪曾祺的小说读起来和谐是和谐了，美是美了，但对现实生活缺乏反思、质疑和批判，有"把玩"心态，显得过于闲适。有些年轻作者一味模仿汪曾祺的写法，不见得是什么好事。林斤澜对我说，其实汪曾祺并不喜欢年轻人跟着他的路子走，说如果年纪轻轻就写得这么冲淡，平和，到老了还怎么写！林老这么说，让我想起在1996年底的第五次作家代表大会上，当林老把我介绍给汪老时，汪老上来就对我说："你就按《走窑汉》的路子走，我看挺好。"林斤澜分析了汪曾祺之所以写得少，后来甚至难以为继的原因，是因为汪曾祺受到了散文化小说的局限，说他是得于散文化，也是失于散文化。说他得于散文化，是他写得比较散淡，自由，诗化，达到了一种"苦心经营"的随意境界。说他失于散文化呢，是因为散文写作的资源有限，散文化小说的资源同样有限。小说是想象的产物，其本质是虚构。不能说汪曾祺的散文化小说里没有想象和虚构的成分，但他的小说一般来说都有真实的情节、细节和人物作底子，没有真实的底子作依托，他的小说飞起来就难了，只能就近就地取材，越写越实。林斤澜举了一个例子，说汪曾祺晚年写过一个很短的小说《小芳》，小说所写的安徽保姆的故事，就是以他家的保姆为原型而写。从内容上看,已基本上不是小说,而是散文。小说写出后,不用别人说,汪曾祺的孩子看了就很不满意,说写的什么呀,一点儿灵气都没有,不要拿出去发表。孩子这样说是爱护"老头儿"的意思,担心别人看了瞎对号。可汪曾祺听了孩子的话有些生气,他说他就是故意这样写。汪曾祺的名气在那里摆着,他的这篇小说不仅在《中国作家》杂志发表了,还得了年度奖呢。

　　林斤澜最有不同看法的,是汪曾祺对一些《聊斋志异》故事的改写。林斤澜的话说得有些激烈,他说汪曾祺没什么可写了,就炒人家蒲松龄的冷饭。没什么可写的,不写就是了。改写人家的东西,只是变变语言而已,说是"聊斋新义",又变不出什么新意来,有什么意思呢!这样的重写,换了另外一个人,杂志是不会采用的。因为是汪曾祺重写的,《北京文学》和《上海文学》都发表过。这对刊物的版面和读者的时间都是一种浪费。

　　另外,林斤澜对汪曾祺的处世哲学和处世态度也不太认同。汪曾祺说自己是"逆来顺受,随遇而安"。林斤澜说自己可能修炼不够,汪曾祺能做到的,他做不到。逆来了,他也知道反抗不过,但他不愿顺受,只能是无奈。随遇他也做不到而安,也只能是无奈。无奈复无奈,他说人生本来就是一场无奈嘛,既无奈生,也无奈死。

　　林斤澜愿意承认我是他的学生,他对我多有栽培和提携。我也愿意承认他是我的恩师,他多次评论过我的小说,还为我的短篇小说集写过序。但实在说来,我并不是一个好学生,因为我不爱读他的小说。他至少给我签名送过两本他的小说集,我看了三几篇就不再看了。我认为他的小说写得过于雕,过于琢,过于紧,过于硬,理性大于感性,批判大于审美,风骨大于风情,不够放松,不够自由,也不够自然。我不隐瞒我的观点,当着林斤澜的面,我就说过我不喜欢读他的小说,读起来太吃力。我见林斤澜似乎有些沉默,我又说我喜欢读他的文论。

林斤澜这才说：可以理解。

  同样是当着林斤澜的面，我说我喜欢读汪曾祺的小说。汪曾祺送给我的小说集，上面写的是"庆邦兄指正"，我读得津津有味，一篇不落。因汪曾祺的小说写得太少，不够读，我就往上追溯，读沈从文的作品。我买了沈从文的文集，一本一本反复研读，从中学到了很多东西。有人问我，最爱读哪些中国作家的作品？我说第一是曹雪芹，第二是沈从文。

2019 年 3 月 30 日（北京）至 4 月 2 日（沈丘）清明节前夕
（载 2019 年 4 月 12 日《文汇报》）

王安忆写作的秘诀

至少在两个笔记本的第一页，我都工工整整抄下了王安忆的同一段话，作为对自己写作生活的鞭策和激励。这段话并不长，却有着丰富的内容，且坦诚得让人心悦诚服。我看过王安忆许多创作谈，单单把这段话挑了出来。如果一个作家的写作真有什么秘诀的话，我愿把这段话视为王安忆写作的秘诀。王安忆是这么说的："写小说就是这样，一桩东西存在不存在，似乎就取决于是不是能够坐下来，拿起笔，在空白的笔记本上写下一行一行字，然后第二天，第三天，再接着上一日所写的，继续一行一行写下去，日以继日。要是有一点动摇和犹疑，一切将不复存在。现在，我终于坚持到底，使它从悬虚中显现，肯定，它存在了。"这段话是王安忆的长篇小说《遍地枭雄》后记中的一段话，我以为这也是她对自己所有写作生活的一种概括性自我描述。通过她的描述，我们知道了她是怎样抓住时间的，看到了她意志的力量，坚忍不拔的持续性，对想象和创造坚定的自信，以及使创造物实现从无到有的整个过程。她的描述形象，生动。在她的描述里，我仿佛看到了她伏案写作的身影。为了不打扰她的写作，我们最好不要从正面观察她。只看她的侧影和背影，我们就可以猜出她可能坐了一上午，知道了她的写作是多么有耐心，是多么专注。看到王安忆的描述，我不由想起自己在老家农村锄地和在煤矿井下开掘巷道的情景。每锄一块地，当望着长满禾苗和野草的大面积的土地时，我都有些发愁，锄板长不盈尺，土地一望无际，什么时候才能把一块地锄完呢？没办法，我们只能顶着烈日，挥洒着汗水，一锄挨一锄往前锄。锄了一天又一天，我们终于把一大块锄完了。在地层深处开掘巷道也是如此。煤矿的术语是把掘进的进度说成进尺，按图纸上的设计，一条巷道长达数百米，甚至逾千米，而我们每天所能完成的进尺不过两三米。其间还有可能面临水、火、瓦斯、地压和冒顶的威胁，不知要战胜多少艰难险阻。就这样，我们硬是在无路可走的地方开掘出一条条通道，在几百米深的地下建起一座座巷道纵横的不夜城。之所以联想起锄地和打巷道，我是觉得王安忆的写作和我们干活有类似的地方，都是一种劳动。只不过，王安忆进行的是脑力劳动，我们则是体力劳动。哪一种劳动都不是玩儿的，做起来都不轻松。还有，哪一种劳动都带有不同程度的强制性。我们的强制来自外部，是别人强制我们。王安忆的强制来自内部，是自觉的自己强制自己。我把王安忆的这段话说成是她写作的秘诀，后来我在她和张新颖的谈话中得到证实。王安忆说："我写作的秘诀只有一个，就是勤奋的劳动。"她所说的秘诀并不是我所抄录的一段话，但我固执地认为它们的意思是一样的，不过前者是详细版，后者是简化版而已。很多作家否认自己有什么写作的秘诀，好像一提秘诀就有些可笑似的。王安忆不但承认自己有写作的秘诀，还把秘诀公开说了出来。在她看来，这没什么好保密的，谁愿意要，只管拿去就是了。的确，这样的秘诀够人实践一辈子的。

2006年底，中国作家协会召开第七次作代会期间，我和王安忆住在同一个饭店,她住楼下,我住楼上。我到她住的房间找她说话,告辞时,她问我晚上回家不回,要是回家的话,给她捎点稿纸来。她说现在很多人都不用手写东西了,找点稿纸挺难的。我说会上人来人往的这么乱,你难道还要写东西吗?她说给报纸写一点短稿。又说晚上没什么事,电视又没什么可看的,不写点东西干什么呢!我说正好我带来的有稿纸。我当即跑到楼上,把一本稿纸拿下来,分给她一多半。一本稿纸是一百页,一页有三百个方格,我分给她六七十页,足够她在会议期间写东西了。有人说写作所需要的条件最简单,有笔有纸就行了。笔和纸当然需要,但一个最重要的条件往往被人们忽略了,这个条件就是时间。据说任何商品的价值都是时间的价值,价值量的大小取决于生产这一商品所需的社会必要劳动时间的多少。时间是写作生活的最大依赖,写作的过程就是时间不断积累的过程,时间的成本是每一个写作者不得不投入的最昂贵的成本。每个人的生命在某种意义上说就是一个活的容器,这个容器里盛的不是别的东西,就是一定的时间量。一个人如果任凭时间跑冒滴漏,不能有效地抓住时间,就等于抓不住自己的生命,将一事无成。王安忆深知时间的宝贵,她就是这样抓住时间的。安忆既有抓住时间的自觉性,又有抓住时间的能力。和安忆相比,我就不行。我带了稿纸到会上,也准备写点东西,结果只是做做样子,在会议期间,我一个字都没写。一下子从全国各地来了那么多作家朋友,我又要和人聊天,又要喝酒,喝了酒还要打牌,一打打到凌晨两三点,哪里还有什么时间和精力写东西!我挡不住外部生活的诱惑,还缺乏必要的定力。而王安忆认为写作是诉诸内心的,她不喜欢和人打交道,她看待内心的生活胜于外部的生活。王安忆几乎每天都在写作,一天都不停止。她写了长的写短的,写了小说写散文、杂文随笔。她不让自己的手空下来,把每天写东西当成一种训练,不写,她会觉得手硬。她在家里写,在会议期间写,更让我感到惊奇的是,她说她在乘坐飞机时照样写东西。对一般旅客来说,在飞机上那么一个悬空的地方,那么一个狭小的空间,能看看报看看书就算不错了,可王安忆在天上飞时竟然也能写东西,足见她对时间的缰绳抓得有多么紧,足见她对写作有多么的痴迷。

有人把作家的创作看得很神秘,王安忆说不,她说作家也是普通人,作家的创作没什么神秘的,就是劳动,日复一日的劳动,大量的劳动,和工人做工、农民种田是一样的道理。她认为不必过多地强调才能、灵感和别的什么,那些都是前提,即使具备了那些前提,也不一定能成为好的作家,要成为一个好的作家,必须付出大量艰苦的劳动。在我看来,安忆铺展在面前的稿纸就是一块土地,她手中的笔就是劳动的工具,每一个字都是一棵秧苗,她弯着腰,低着头,一棵接一棵把秧苗安插下去。待插到地边,她才直起腰来,整理一下头发。望着大片的秧苗,她才面露微笑,说嗬,插了这么多!或者说每一个汉字都是一粒种子,她把挑选出来的合适的种子一粒接一粒种到土里去,从春种到夏,从夏种到秋。种子发芽了,开花了,结果了。回过头一看,她不禁有些惊喜。惊喜之余,她有时也有些怀疑,这么多果实都是她种出来的吗?当仔细检阅之后,证实确实是她的劳动成果,于是她开始收获。安忆不知疲倦地注视着那些汉字,久而久之,那些汉字似乎也注视着她,与她相熟相知,并形成了交流。好比一个人长久地注视着一块石头,那块石头好像也会注视她。仅有劳动还不够,王安忆对劳动的态度也十分在意。她说有些作家,虽然也在劳动,但劳动的态度不太端正,不是好好地劳动。她举例说,有些偷懒的作家,将生活中的东西直接搬入作品,给人的感觉是连筛子都没筛过。如同一个诚实的农民在锄地时不能容忍有"猫盖屎"的行为,王安忆不能容忍马马虎虎,投机取巧,偷工减料,得过且过。她是勤勤恳恳,老老实实,一丝不苟。如果写了一个不太好的句子,她会很懊恼,一定要把句子理顺了，写好了，才罢休。

王安忆自称是一个文学劳动者，同时，她又说她是一个写作的匠人，她的劳动是匠人式的劳动。因为对作品的评论有雕琢和匠气的说法，作家们一般不愿承认自己是一个匠人，但王安忆勇于承认。她认为艺术家都是工匠，都是做活。千万不要觉得工匠有贬低的意思。类似的说法我听刘恒也说到过。刘恒说得更具体，他说他像一个木匠一样，他的写作也像木匠在干活。从劳动到匠人的劳动，这就使问题进了一步，值得我们深入探究。在我们老家，种地的人不能称之为匠人，只有木匠、石匠、锔匠、画匠等有手艺的才有资格称匠。一旦称匠，我们那里的人就把匠人称为"老师儿"。"老师儿"都是"一招鲜，吃遍天"的人，他们的劳动是技术性的劳动。让一个只会种地的农民在板箱上作画，他无论如何都画不成景。请来一个画匠呢，他可以把喜鹊噪梅画得栩栩如生。王安忆也掌握了一门技术，她的技术是写作的技术，她的劳动同样是技术性的劳动。从技术层面上讲，王安忆的劳动和所有匠人的劳动是对应的。这是第一点。第二点，一个石匠要把一块石头变成一盘磨，不可能靠突击，不可能在短时间内完工。他要一手持锤，一手持凿子，一凿子接一凿子往石头上凿。凿得有些累了，他停下来吸颗烟，或喝口水，再接着凿。他凿出来的节奏是匀速，丁丁丁丁，像音乐一样动听。我读王安忆的小说就是这样的感觉，她的叙述如同引领我们往一座风景秀美的山峰攀登，不急不缓，不慌不忙，不跳跃，不疲倦，不气喘，扎扎实实，一步一步往上攀。我们偶尔会停一下，绝不是不想攀了，而是舍不得眼前的秀美风光，要把风光仔细领略一下。随着各种不同的景观不断展开，我们攀登的兴趣越来越高。当我们登上一台阶，又一个台阶，终于登上她所建造的诗一样的小说山峰，我们得到了极大的精神满足。第三点，匠人的劳动是有构思的劳动，在动手之前就有了规划。比如一个木匠要把一块木头做成一架纺车,他看木头就不再是木头,而是看成了纺车,哪儿适合做翅子,哪儿适合做车轴,哪儿适合做摇把,他心中已经有了安排。他的一斧子一锯,都是奔心中的纺车而去。王安忆写每篇小说,事先也有规划。除了小说的结构,甚至连一篇小说要写多长,大致写多少个字,她几乎都心中有数。第四点,匠人的劳动是缜密的、讲究逻辑的劳动,也是理性的劳动。一把椅子或一口箱子的约定俗成,对一个木匠来说有一定的规定性,他不能胡乱来,不可违背逻辑,更不可能把椅子做成箱子,或把箱子做成椅子。在王安忆对我的一篇小说的分析里,我第一次看到了逻辑的动力的说法,第一次听说写小说还要讲究逻辑。此后,我又多次在她的文章里看到她对逻辑重要性的强调。在和张新颖的谈话里,她肯定地说:"生活的逻辑是很强大严密的,你必须掌握了逻辑才可能表现生活的演进。逻辑是很重要的,做起来很辛苦,做起来真的很辛苦。为什么要这样写,而不是那样写?事情为什么这样发生,而不是那样发生?你要不断问自己为什么,这是很严格的事情,这就是小说的想象力,它必须遵守生活的纪律,按着纪律推进,推到多远就看你的想象力的能量。"

  以上四点,我试图用王安忆的劳动和作品阐释一下她的观点。其实这些都不重要。重要的问题在于,工匠的劳动是不是保守的?机械的?死板的?墨守成规的?会不会影响感性的鲜活,情感的参与,灵感的暴发,无意识的发挥?一句话,工匠式的劳动是不是会拒绝神来之笔?我的看法是,一切创造都是从劳动中得来的,不劳动什么都没有。换句话说,写就是一切,只有在写的过程中,我们才会激活记忆,调动感情,启发灵感。只有在有意识的追求中,无意识的东西才会乘风而来。所谓神来之笔,都是艰苦劳动的结果,积之在平日,得之在俄顷。工匠式的劳动无非是把劳动提高了一个等级,它强调了劳动的技术性、操作性、审美性、严肃性、专业性和持恒性。这种劳动方式不但不保守，不机械，不死板，不墨守成规，恰恰是为了打破这些东西。王安忆的大量情感饱满、飞扬灵动的作品，证明着我的看法不是瞎说。

但有些事情我不能明白，安忆她凭什么那么能吃苦？如果说我能吃点苦，这比较容易理解。我生在贫苦家庭，从小缺吃少穿，三年困难时期饿成了大头细脖子。长大成人后又种过地，打过石头，挖过煤，经历了很多艰难困苦。我打下了受苦的底子，写作之苦对我来说不算什么苦。如果我为写作的事叫苦，知道我底细的人一定会骂我烧包。而安忆生在城市，长在城市，父母都是国家干部，家里连保姆都有。应该说安忆从小的生活是优裕的，她至少不愁吃，不愁穿，还有书看。就算她到安徽农村插过一段时间队，她母亲给她带的还有钱，那也算不上吃苦吧。可安忆后来表现出来的吃苦精神不能不让我佩服。1993年春天，她要到北京写作，让我帮她租一间房子。那房子不算旧，居住所需的东西却缺东少西。没有椅子，我从我的办公室给她搬去一把椅子。窗子上没有窗帘，我把办公室的窗帘取下来，给她的窗子挂上。房间里有一只暖瓶，却没有瓶塞。我和她去商店问了好几个营业员，都没有买到瓶塞。她只好另买了一只暖瓶。我和妻子给她送去了锅碗瓢盆勺，还有大米和香油，她自己买了一些方便面，她的写作生活就开始了。屋里没有电视机，写作之余，她只能看看书，或到街上买一张隔天的《新民晚报》看看。屋里没有电话，那时移动电话尚未普及，她几乎中断了与外界的联系。安忆在北京有不少作家朋友，为了减少聚会，专心写作，她没有主动和朋友联系。她像是在"自讨苦吃"，或者说有意考验一下自己吃苦的能力。她说她就是想尝试一下独处的写作方式，看看这种写作方式的效果如何。她写啊写啊，有时连饭都忘了吃。中午，我偶尔给她送去一盒盒饭，她很快就把饭吃完了，吃完饭再接着写。她过的是饥一顿饱一顿的日子，我觉得她有些对不住自己。就这样,从四月中旬到六月初,在不到两个月的时间里,她写完了两部中篇小说。她之所以如此能吃苦,我还是从她的文章里找到了答案。安忆对自己的评价是一个喜欢写作的人。有评论家把她与别的作家比,她说她没有什么,她就是比别人对写作更喜欢一些。有人不是真正喜欢,也有人一开始喜欢,后来不喜欢了,而她,始终如一地喜欢。她说:"我感到我喜欢写,别的我就没觉得和他们有什么不同,就这点不同:写作是一种乐趣,我是从小就觉得写作是种乐趣,没有改变。"是不是可以这样说,写作是安忆的主要生活方式,她对写作的热爱和热情,是她的主要感情,同时,写作也是她获得幸福和快乐的主要源泉。安忆得到的快乐是想象和创造的快乐。一个世界本来不存在,经过她的想象和创造,平地起楼似的,就存在了,而且又是那么具体,那么真实,那么美好,由此她得到莫大的快乐和享受。与得到的快乐和享受相比,她受点儿苦就不算什么了。相反,受点儿苦仿佛增加了快乐的分量,使快乐有了更多的附加值。

每个人有每个人的创作习惯,安忆的习惯对她的写作并没有什么决定性的意义,我就不多说了。我只知道,她习惯在一个大的笔记本上密密麻麻地写作,在笔记本上写完了,再用方格纸抄下来,一边抄,一边润色。抄下来的稿子其实是她的第二稿。她写作不怎么熬夜,一般都是在上午写作。她觉得上午是她精力最充沛的时候,也是她才思最敏捷的时候。在整个上午,她又觉得从十一点到十二点左右这个时间段创作状态最好。她还有一个习惯,可能是她特有的,也极少为人所知。她写作时,习惯在旁边放一块小黑板,用粉笔在黑板上写下一些句子。在北京创作中篇小说《香港的情与爱》期间,我见她写下的其中一句话是"香港是个大邂逅",这句话在黑板上保留了相当长一段时间,我不知用意何在。小黑板很难找,我问她为什么非要一个小黑板呢?她说没什么,每写一篇小说,她习惯在黑板上写几句提示性的话。习惯是不可以改变的，我只好想方设法尊重她的习惯。

　　王安忆这样热爱写作，那么我们假设一下，她不写会怎样？或者说不让她写了会怎样？1997年夏天，我和王安忆、刘恒我们三家一块去了一趟五台山，后来我一直想约他们两个到河南看看。王安忆没去过中岳嵩山的少林寺，也没看过洛阳的龙门石窟，她很想去看看。2008年9月中旬，我终于跟河南有关方面说好了，由他们负责接待我们。我给王安忆打电话时，她没在家，是她的先生李章接的电话。我说了请他们一块儿去河南，李章说："安忆刚从外地回来，她该写东西了。"李章又说："安忆跟你一样，不写东西不行。"我？我不写东西不行吗？我可比不上王安忆，我玩心大，人家一叫我外出采风，那个地方我又没去过，我就跟人家走了。我对李章说，我跟刘恒已经约好了，让李章好好跟安忆说说，还是一块儿去吧。我说我对安忆有承诺，如果她去不成河南，我的承诺就不能实现。李章说，等安忆一回来，他就跟她说。第二天我给安忆打电话，她到底还是放弃了河南之行。安忆是有主意的人，她一旦打定了主意，任何劝说都是无用的。为了写作，王安忆放弃了很多活动。不但在众多采风活动中看不到她的身影，就连她得了一些文学奖，她都不去参加颁奖会。2001年12月，王安忆刚当选上海市作家协会主席时，她一时有些惶恐，甚至觉得当作协主席是一步险棋。她担心这一职务会占用她的时间，分散她的精力，影响她的写作。她确实看到了，一些同辈的作家当上这主席那主席后，作品数量大大减少，她认为这是一个教训。在发表就职演说时，她说她还要坚持写作，因为写作是她的第一生活，也是她比较能胜任的工作，假若没有写作，她这个人便没什么值得一提的了。当上作协主席的第一年，她抓时间抓得特别紧，写东西也比往年多，几乎有些拼命的意思。当成果证明当主席并没有耽误写作时，她似乎才松了一口气。我估计，王安忆每天给自己规定的有一定的写作任务，完成了任务，她就心情愉悦，看天天高，看云云淡，吃饭饭香，睡觉觉美。就觉得自己对得起自己，自己对自己有了交代，看电视就能够定下心来，看得进去。要是完不成任务呢，她会觉得很难受，诸事无心，自己就跟自己过不去。作为一个承担着一定社会义务的作家，王安忆有时难免会遇到这样的情况，她本打算坐下来写作，却被别的事情干扰了，这时她的心情会很糟糕，好像整个人生都虚度了一样。人说发展是硬道理，对王安忆来说，写作才是硬道理，不写作就没有道理。在我所看到的有限的对古今中外的作家介绍里，就对写作的热爱程度而言，王安忆有点像托尔斯泰。托尔斯泰把写作看成正常的状态，不写作就是非正常状态，就是平庸的状态。托尔斯泰在一则日记里提到，因为生病，他一星期没能写作。他骂自己无聊，懒惰，说一个精神高贵的人不容许自己这么长时间处于平庸状态。和我们中国的作家相比，就思想劳作的勤奋和强度而言，王安忆有点像鲁迅。鲁迅先生长期在上海写作，王安忆在上海写作的时间比鲁迅还要长，而且王安忆的写作还将继续下去。王安忆跟我说过，中国的作家，鲁迅的作品是最好的，她最爱读鲁迅。王安忆继承了鲁迅的刻苦，耐劳，也继承了鲁迅的思想精神。王安忆通过自己的思想劳作，不断发出与众不同的清醒的声音。写作是王安忆的第一需要，也是她生命的根基，如果不让她写作，那是不可想象的，所以我们还是不要做这样的假设为好。

  写作是王安忆的精神运动，也是身体运动；是心理需要，也是生理需要。她说写作对人的身体有好处，经常写作就身体健康，血流通畅，神清气爽，连气色都好了。她说你看，经常写作的人很少患老年痴呆症的，而且多数比较长寿。否则的话，就心情焦躁，精神萎顿，对身体不利。我不止一次听她说过，写作这个东西对体力也有要求，体力不好写作很难持久。她以苏童和迟子建为例，说他们之所以写得多，写得好，其中一个原因是他们的身体比较壮实，好像食量也比较大，精力旺盛，元气充沛。我很赞同安忆的说法，并且与她有着相同的体会。我想不论是精神运动，还是身体运动，其实都是血液的运动。写作时大脑需要氧气，而源源不断供给大脑氧气的就是血液。大脑需要的氧气多，运载氧气的血液就得多拉快跑，保证供应。血流加快了，等于促进了人体内的血液循环，对人的健康当然有好处。拿我自己来说，如果一时找不到好的写作入口，一时进入不到写作的状态，我就头昏脑涨，光想睡觉。一旦找到写作的题目，并进入了写作的状态，我的精神头就提起来了，心情马上就好了，看什么都觉得可爱。我跟我妻子说笑话："刘庆邦真是个苦命的人哪！"我妻子说："你要是觉得苦，你就别写了。"我说："那可不行！"

朋友们可能注意到了，我翻来覆去说的都是安忆的写作，写作，没有涉及到她的作品，没有具体评论她的任何一篇小说。我的理论水平比较低，没有评论她作品的能力，这点儿自知之明我还是有的。一个高人评论一个低人的小说，一不小心就把低人的小说评高了。而一个低人评论一个高人的小说呢，哪怕费尽九牛二虎之力，所评仍然达不到高人的小说水平应有的高度。王安忆的小说都是心灵化的，她的小说故事都发生在心理的时间内，似乎已经脱离了尘世的时间。她在心灵深处走得又那么远，很少有人能跟得上她的步伐。别说是我了，连一些评论家都很少评论她的小说。在文坛，大家公认王安忆的小说越写越好，王安忆现在是真正的孤独，真正的曲高和寡。有一次朋友们聚会喝酒，莫言、刘震云、王朔纷纷跟王安忆开玩笑。王朔说："安忆，我们就不明白，你的小说为什么一直写得那么好呢？你把大家甩得太远了，连个比翼齐飞的都没有，你不觉得孤单吗！"王安忆有些不好意思，她说不不不。不知怎么又说到冰心，说冰心在文坛有不少干儿子。震云对王安忆说："安忆，等你成了安忆老人的时候，你的干儿子比冰心还要多。"我看王安忆更不好意思了，她笑着说："你们不要乱说,不要跟我开玩笑。"

　　写王安忆需要勇气。梦玮约我写王安忆,我说王安忆不好写,你别着急,容我好好想想。梦玮是春天向我约稿。直到秋天我才写出来。我一直对王安忆满怀敬意,我写得小心翼翼,希望每一句话都不致失礼。1993年,林建法也约我写过王安忆,我对王安忆说,我怕我写不好。王安忆说:"没事的,你写好了。"又说:"每个人写别人,其实就是写自己。"我想了想,才理解了安忆的话意。一个人对别人理解多少,就只能写多少,不可能超出自己的理解水平。如果有些地方写得还可以,说明我对安忆理解了。如果写得不好,说明我理解得还不够,接着理解就是了。

2009年9月3日至9月11日于北京和平里

中国文学史上的里程碑

——祝贺莫言获诺贝尔文学奖

得知莫言获得诺贝尔文学奖的那一刻,我正和一行作家朋友在山东烟台栖霞市参加一个宴会。与会的作家有陈建功、赵本夫、柳建伟、石钟山、肖克凡、孙惠芬、衣向东、张陵等。我们都知道,2012年诺贝尔文学奖得主就在当晚的10月11日19时揭晓。在此之前,网上盛传莫言获奖的可能性很大,我们对此事都很关注,也衷心期望莫言能够获奖。

宴会开始,当地领导致祝酒辞时,我们有些心不在焉,最关心的是莫言获奖能够成为现实。宴会厅里没有电视,我们只能通过手机上的网络获取瑞典文学院在斯德哥尔摩发布的消息。第一个得到消息的是作家出版社的总编辑张陵,他们出版社事先排好了莫言的20卷本文集,单等莫言获奖的消息落实下来,文集立即开机印刷。应该说张陵的心情在期盼中还有一些紧张,在消息没落实之前,什么酒他都不想喝,什么好吃的都食之无味。当莫言获奖的消息传到张陵的手机上,他才笑了,高兴得眼睛眯成了一条缝。张陵把消息转达给我们时,并没有显得太激动,只是轻轻地说:莫言获奖了!是的,重大的事情用不着高调宣布,它本身的重大意义自然会在人们心中激起非同凡响的回响。

得到莫言获奖的确切消息,作家们顿时兴奋起来,我们频频举杯,一再向莫言表示祝贺。我们听说莫言当时正在他的故乡山东高密,我们恰在山东莫言的故乡"隔壁",我们像是专程赶去为他祝贺,当晚的宴会也像是为祝贺莫言获奖而举办的。说来我们有些喧宾夺主,也有些不恭,一时间话题全都围绕着莫言展开,以致当地的领导也跟我们一起讨论起莫言来。我们到栖霞本来是参加"果都之约"活动,酒桌中央摆了不少鲜艳的苹果。孙惠芬说:那些苹果好像也在为莫言高兴,个个红光满面,笑逐颜开。

这样集体为莫言祝贺还不够,我应该给莫言打一个电话,单独向他祝贺一下。但我想到了,那一刻为莫言祝贺的朋友一定很多,媒体的采访也很多,莫言的手机不一定打得进去。我试了一下,莫言的手机果然处在关机状态。这时我的手机响了,是《北京日报》的记者打来的,记者要我谈一下对莫言获奖的感想。我把作家朋友们集体为莫言祝贺的情景简单描述了一下,说莫言的创作扎根本土,激情充沛,内容创新和形式创新结合得很好,是中国作家的杰出代表。莫言的获奖是实至名归。诺贝尔文学奖毕竟是全世界最有影响的文学奖项,莫言的获奖,标志着中国文学真正走向了世界。这不仅是莫言一个人的骄傲,也是中国文学界和中国人民的骄傲。对于中国文学史来说,莫言获奖具有里程碑的意义。它同时打破了诺贝尔文学奖神话,将使中国文学更加自信,并大大激发中国作家的创作热情。

接着又有一家东北的媒体采访我,要我谈一谈和莫言的交往。说起来我和莫言已认识20多年,平时交往不是很多,但多次一块儿参加文学活动，莫言还是给我们留下了不少细节性的印象。记得第一次和莫言一块儿参加活动，是在《北京文学》一个座谈会上。前有《透明的红萝卜》，后有风靡全国的《红高粱》，莫言当时的名气已经很大。但我看他并没有把名气变成自己的气，心平气和，呼吸还是正常的呼吸。有文学女青年眼巴巴地看着他，人家大概希望莫言也看人家一眼。但莫言的眼睛塌蒙着，颇有些目不斜视的意思。座谈会轮到莫言发言了，他的发言不长，我记得很清楚。他说，一个写东西的人，不要太把自己当回事，要保持一颗平常心。不管到什么时候，都不能忘记自己是从哪里来的，不能忘记自己是谁。1993年春天，王安忆在北京写作期间，有一次刘震云请王安忆在关东店长岛海鲜城吃饭，同时约请了史铁生、莫言、王朔和我等人。震云和王朔都是好嘴，酒桌上的话主要是他们两个说，莫言很少插嘴。震云拿长相和吃相调侃到莫言了，莫言才反击一两句。不知怎么说到了冰心家的猫，莫言说，他连冰心家的猫都不如。莫言还提到，他有一次回老家，被他家的狗给咬了，咬了四口。他家的狗只要看到干部模样的人就咬，曾咬过县委宣传部的一位副部长。但对穿得破烂的人不咬，以为是他家的乡亲。乡亲们说，这狗连自家人都不认识，是混眼狗，不能留，打死它。狗跪着求饶，眼泪巴唧的。但最终还是把狗打死了，打死后，当天就熬吃了。2002年盛夏，铁凝还在河北省当作家协会主席时，邀莫言、马原、池莉和我等人，到承德以北的塞罕坝草原参加一个笔会。笔会安排得很轻松，连一个会都没开，实际上就是到草原避暑。白天，我们看草原，到湖里划船。晚上，我们披着被子看篝火晚会，在宾馆里打牌。打牌时，我和莫言一头，池莉和她女儿一头。我知道莫言的牌技不错，但我们两个都没有很好地发挥。因为对手有一孩子，我们权当陪孩子玩耍。莫言和我偶尔也会谈到小说，他说他看过我的短篇小说《幸福票》，印象深刻。我告诉他，那篇小说的故事就是在他们山东淄博听来的。

最近一次和莫言一块儿参加活动，是 2012 年 7 月 7 日在北京召开的西班牙语地区国际出版研讨会。参加会议的多是一些来自世界各地的西班牙语翻译家，还有一些其作品被列为翻译成西班牙语对象的中国作家，作家中除了莫言，还有刘震云、麦家、李洱和我等人。主持人在开场白中说：这几位作家是中国最优秀的作家。莫言当即插话否认了这种说法，说中国的优秀作家很多，不能说这几个人就最优秀，要是传出去，是会被人笑话的。震云说：这就是一个说法，不必当真。如果换了另几个作家，主持人也会这么说的。于是大家都笑了。研讨会开始，莫言第一个发言。他首先向翻译家致谢，感谢翻译家所付出的辛勤劳动，说如果没有翻译家的翻译，外国人就读不到我们的作品，我们的作品就不能在世界上传播。莫言随后对翻译工作提出了自己的看法，他认为在选择翻译对象和翻译作品时，不必过度关注政治延伸，应把注意力集中在作品的艺术本身，和社会现实适当拉开距离。

作为同时代的作家，莫言的作品我读了不少。他的长篇小说我没有全读，他的短篇小说我差不多都读过。比如：《拇指铐》《月光斩》《白狗秋千架》《姑妈的宝刀》《倒立》，还有今年刚发表的《洗澡》等。莫言很重视短篇小说的写作。2012 年 10 月 10 日，也就是莫言获得诺贝尔奖的前一天，他在接受《中华读书报》记者舒晋瑜访谈时谈到："我对短篇一直情有独钟，短篇自身有长篇不可代替的价值，对作家的想象力也是一种考验。前一段时间我又尝试写了一组短篇。短篇的特点就是短、平、快，对我的创作也是一种挑战。"莫言在访谈中还提到了我，他说："我一直认为，不能把长篇作为衡量作家的唯一标准。写短篇也可以写出成就。国外的契诃夫、莫泊桑，中国的苏童、迟子建、刘庆邦……不说长篇、中篇，单凭短篇也能确立他们在当代文学史上的重要地位——写短篇完全可以成为一个大家。"

我注意到，自莫言获奖以来，全国各地的报纸发表的对莫言和莫言作品的评价文章很多。因能力有限，我这里就不多说什么了。从个人的感受出发，我只简单说两点，这两点值得我好好向莫言学习。第一点，我认为莫言很善于向外国的优秀作家学习。他的学习在于他的化，他把外国优秀的东西化在中国厚实的土地里，化得浑然天成，不露痕迹，化成了自己独特的作品。我在此方面做得很不好。第二点，莫言几十年来一直保持着丰沛的创作激情，这一点也很难得。德国的汉学家顾彬曾质疑莫言写《生死疲劳》时写得太快。我觉得快和慢不是衡量作品品质的标准。也许正因为莫言写得快，才显示出他磅礴的创作活力，写出的作品才具有浩浩荡荡、一泻千里的气势。一个人羡慕别人，往往因为别人身上有超越自己能力的东西。也许我在这两点上有些力不能及，才愿意向莫言学习，不断向前努力。

2012 年 10 月 16 日于北京

顾大霖小歌

早就想写写顾大霖。

记得是1987年元旦的前一天，老顾拿着一篇稿子往六楼走。我见他面色苍白，一阶一阶上得很吃力，问他怎么了。他说可能有点儿感冒。过了元旦就没见老顾来上班，问起来，才知老顾住院了，得的是某种可怕的血液病。我听了心里一震，惊得说不出话来，当时就想，我要抽时间写一写老顾。

事情拖下来，是因为我把写老顾这件事看得太重，不敢轻易下笔。还有个原因，我对老顾过去的经历所知不多。只零星听人说过，老顾因家庭出身不好，命运多舛，过来得很不容易。抗战期间，他从江苏老家跑到重庆读书，14岁就参了军。之后到北大荒开荒种地，还搞过文艺宣传。"文革"时从一家晚报社下放到农村劳动。夫妻俩打结婚就是"牛郎织女"，一直分居了18年……要写一个人，不知道他的过去，是很难写好的。我一直想跟老顾聊一聊，可又怕他提起过去的事，太动感情，对养病不利，几次去看他，话到嘴边又咽了回去。

这年春节前，煤炭报在郑州开记者会，会议期间，我觉出记者们在私下里把一篇稿子互相传递着，看稿子时表情相当凝重，看完了就签上几个字。我估计他们在搞征集签名活动，没敢贸然打听。一个记者大约看出了我的疑问，告诉我："春节快到了，大家挺想老顾的，给他写封慰问信，同意的就签个名。"哦，是这样。我心里一热，禁不住对那个记者说："你们签完名把信给我，我回京一定亲自送到老顾手上。"当时我又想，要马上写写老顾，这件事不能再拖了！

记者们的联名慰问信写得情真意切，动人心肠，信上说："老顾，您患病以来，我们无时无刻不在想念您……"信的天头地尾密密麻麻签满了几十位记者的名字。细微之处见深情，从这里可以看出顾大霖这个经济部主任与全国各地驻站记者的交情非同一般。

我和老顾认识得更早一些。1978年春天，我被借调到煤炭部一个叫《他们特别能战斗》的杂志当编辑。为了解决老顾夫妻长期两地分居的问题，《河南日报》的王继兴把他介绍给我。老顾给我留下的第一印象是认真，连说话的语气和面部表情都透着一股子执拗的认真劲儿。后来在一个编辑部共事十多年，更加证实了我的第一印象。

那一年，老顾带我和另一个编辑到某矿搞重点报道。一到矿，我们就下井，采访，没明没夜地干。有些采访我觉得是枯燥的，重复的，无用的，听着非常累人。可老顾不厌其烦地听、问，一谈就是半天，半夜。有时我夜里醒来，见老顾还在灯下整理采访笔记。

有些单位对记者比较照顾，生活安排得很好，可这个矿对这一点不大注意，给我们吃盐拌生韭菜、发黄的馒头和面条汤，早饭连个鸡蛋都没有。我觉得受不了，要向陪我们采访的通讯员提提。老顾一听严肃起来，浓眉皱着说，千万不能提，提了就不好了。

采访结束，矿上的所有领导在小会议室和我们告别，要我们留下"宝贵意见"。我理解，这是客套话，人家不一定真心听什么意见。可是老顾当真了，他滔滔不绝，除了说一些肯定的话，真的提了不少意见，从井上到井下，从巷道到采面，从当前到长远，乃至矿区卫生和职工文化素养，提得非常具体。老顾讲话口才好，嗓音浑厚（他当过歌唱演员和话剧演员），逻辑性也强，有一种抓人的魅力。起初我替他着急，想提醒他不要太那个了。我听说过，他就是因为在部队时给领导提了点意见，被人家整得好苦。谁知听着听着，我竟被吸引住了，望着那些频频点头的听众，我心里直替老顾骄傲，心里思忖，怎样，煤矿的事儿我们懂，我们都不是吃干饭的。后来听说，老顾不光在这个矿是这样"较真儿"，他到哪个单位采访之后，都能提出独到的建设性意见。据说那些矿长、工程师都很服气，说老顾的煤矿专业知识具有局级总工程师的水平。

  我有点纳闷，老顾没上过矿业大学，也没在煤矿干过，怎么懂得那么多呢？时间一长，我才知道，原来老顾利用业余时间，把矿业大学本科生要学的课程读了一遍。老顾有一个观点：仅靠八小时是干不好工作的。所以，他几乎每天下班回家都带着材料和稿子，吃完饭就开始学习和工作，不到12点后不休息。有时白天在班上干得实在太累了，他吃了饭喝杯酒就睡，凌晨三四点钟起来，一直干到上早班，才匆匆拿一点吃的东西，边吃边走。有一次，老顾的爱人给报社打电话，说老顾常年这样拼法身体是吃不消的，要报社的领导劝劝老顾。老顾说他身体好，没事儿。我理解老顾，他是觉得自己以前失去的太多，要用加倍的努力把失去的时间夺回来。老顾的爱人程佩荣大姐对我说过这样一件事：许多年前，由于两地分居，他们结婚四年了还没要孩子。后来怀孕了，老顾不让要，说中国人这么多，让别人生吧，现在动不动就查三代，别因为咱们的家庭出身连累孩子。这话里面包含着多么深沉的悲哀！从这件事我们也可以想象出老顾当年的处境，难怪老顾要这样拼死拼活的工作。

至于老顾对煤炭报的贡献不必细说，有煤炭报作证，有老顾的文章作证。这里仅举一个例子。有一段时间，从各方面的信息看，好像煤多得不得了啦，煤炭生产可以消停一下。老顾没有被一时的表面现象所迷惑，他跑了许多地方，做了大量的调查，对煤炭供应缓和提出了疑问：《全国煤炭真的多了吗？》，调查的结论是："全国煤炭库存并非过多，缓和是相对的和有限的。"事后不久就表明，老顾所作的结论是带预见性的，对煤炭工业的发展有着不可低估的指导意义。这篇调查报告被全国煤炭记者协会评为好新闻一等奖。

　　上帝有时显得很残忍，老顾这样一个酷爱工作和事业的人，上帝偏偏吊销了他的工作证。由于他的乐观和坚强，他已与病魔抗争了三年多。我完全能够想象，老顾不能上班是多么着急，多么痛苦。他多次要求上班，并说："不上班，不工作，人活着有啥意思。"可医生说什么也不同意。

　　不能上班，老顾就只能看些书报。他让编辑部的同志把每一期煤炭报都捎给他，他看得非常仔细，看完了就把自己的意见写在报纸边上和中缝里，好就说好，不当处指出来，连错别字和标点符号也不放过。特别是经济部所管的第二版，每一期都写满了字。老顾这还是在工作啊！他评报写眉批是用红笔，每当看到他写的红字，我马上想到了血。我真想劝劝他，老顾，算了，你为煤炭报付出的心血还少吗！可是，谁忍心剥夺老顾最后这一点可怜的然而又是极其宝贵的精神寄托呢！

　　1990年春节前夕，报社的总编们带着各部室的主任去看望老顾。老顾的病情又有些恶化，他，明显地苍老了，头发也差不多全白了，我简直有点不敢看他。记得来北京的第二年，编辑部过节开联欢会，我在上幼儿园的女儿为大家唱儿歌，老顾伴舞，女儿唱什么，老顾就模仿儿童做什么动作，把大伙儿的眼泪都笑出来了。那时的老顾是多么英俊，多么敏捷，多么健康！可现在……现在老顾也不过五十多岁，按说正是大展宏图报效国家的时候……唉——

老顾又跟总编提上班的事，我插空子把记者们的慰问信恭恭敬敬地递给他。老顾看了一眼，手就颤抖起来。

老顾，你要挺住，要挺住！

1990年3月14日凌晨4点
2021年8月8日录入电子版